La tierra que pisamos

Seix Barral Biblioteca Breve

Jesús Carrasco
La tierra que pisamos

© Jesús Carrasco, 2016
© Editorial Planeta, S. A., 2016
Seix Barral, un sello editorial de Editorial Planeta, S. A.
Avda. Diagonal, 662-664, 08034 Barcelona (España)
www.seix-barral.es
www.planetadelibros.com

Diseño original de la colección: Josep Bagà Associats

Primera edición: febrero de 2016
ISBN: 978-84-322-2733-2
Depósito legal: B. 451-2016
Composición: Gama, S. L., Barcelona
Impresión y encuadernación: CPI, Barcelona
Printed in Spain - Impreso en España

La escritura de este libro ha contado con el apoyo de Nederlands Letterenfonds-Dutch Foundation for Literature.

Nederlands letterenfonds
dutch foundation for literature

No se permite la reproducción total o parcial de este libro,
ni su incorporación a un sistema informático, ni su transmisión
en cualquier forma o por cualquier medio, sea éste electrónico,
mecánico, por fotocopia, por grabación u otros métodos,
sin el permiso previo y por escrito del editor.
La infracción de los derechos mencionados
puede ser constitutiva de delito contra la propiedad intelectual
(Art. 270 y siguientes del Código Penal).
Diríjase a CEDRO (Centro Español de Derechos Reprográficos)
si necesita fotocopiar o escanear algún fragmento de esta obra.
Puede contactar con CEDRO a través de la web www.conlicencia.com
o por teléfono en el 91 702 19 70 / 93 272 04 47.

A Raquel

1

Hoy me ha despertado un ruido en mitad de la noche. No un ronquido de Iosif, que, raro en él, a esa hora dormía a mi lado en silencio, medio hundido en la lana del colchón. He permanecido tumbada, con la mirada detenida en las vigas de haya que sustentan el techo, apretando fuertemente las sábanas en busca de una firmeza que el lino, tan sutil, me ha negado. Durante un buen rato me he quedado quieta, con los hombros contraídos y las manos cerradas. Quería volver a escuchar el ruido con nitidez para poder atribuírselo a alguno de nuestros animales y así, tranquila, regresar al sueño. Pero, más allá del aire agitando las ramas de la gran encina, no he percibido nada, y entonces, como por ensalmo, el viejo mito del intruso de ojos vaciados por la codicia se ha agarrado a mis tripas y ha empezado a devorarlas.

Es agosto, las hojas de guillotina están subidas hasta los topes y una brisa perfumada y cálida mece los visillos. Los hace danzar de un modo tan hermoso que, en esta época, durante mis desvelos, me siento contra el cabecero y me quedo embelesada viéndolos ondear cual delicados pendones. Aspiro las fragancias que el aire trae y que, por momentos, desplazan a los aromas estancados del cuarto. Llegan en oleadas, de la misma manera que el mar va depositando en la orilla los restos de un barco naufragado. En primavera el azahar de los naranjos florecidos lo ocupa todo, especialmente cuando cae la tarde. Días antes de que eso suceda, el árbol siempre envía un mensajero. Jornadas todavía frescas en las que, repentinamente, un hilo fugaz avisa de que, en algún lugar de los contornos, la vida ha sido convocada a su renacimiento.

Con los puños llenos de tela y los ojos cerrados, he tratado de concentrarme en la oscuridad exterior. Y así, he imaginado que me asomaba al porche elevado sobre el fragante césped que rodea la casa y, desde allí, he dirigido mi atención hacia el frente, al lugar donde el predio se asoma al valle. A lo lejos titilan las farolas de gas del pueblo, encaramado como un galápago a las faldas del castillo. En mi mente desciendo los escalones de madera y camino unos pasos sobre la hierba húmeda hasta la verja que domina el huerto de la terraza inferior. No oigo nada allí, ni siquiera el áspero roce de las hojas ya secas del maíz.

Me giro hacia la casa para recorrer la parte trasera de la propiedad. En los tiestos sujetos a la balaustrada del porche crecen formas confusas. La campana de alarma cuelga del tejadillo sobre ellas y su cuerda casi las toca. A la izquierda del edificio se levanta la gran encina, un ser poderoso y rotundo, cuya copa invade parte del alero. Al otro lado, entre la vivienda y el camino, el pequeño establo con sus ventanucos enrejados y sus tejas alomadas. Dentro, ni siquiera se oye a la yegua rascar el suelo de pizarra con sus herraduras. Tampoco se oye a *Kaiser*, nuestro perro; era de suponer, porque es sin duda el animal más indolente que se pueda imaginar. «Debería poner una gallina a vigilar la finca —me dijo una vez el cartero—. Hasta ésa con el cuello desplumado asusta más.» Y yo quizá sonreí por la ocurrencia y seguro que le di la razón para que se marchara pronto.

Al parecer hay un lince, o un lobo, que lleva varias semanas merodeando por los alrededores del pueblo y que ha matado, dicen, a varias ocas y a algún cordero. Me lo contó el doctor Sneint en el dispensario de la guarnición la última vez que fui al castillo en busca de las medicinas de Iosif. Mientras colocaba los frascos en mi alforja, él se levantó y, después de repasar someramente los lomos de su biblioteca, extrajo un atlas de fauna ibérica y me lo mostró. Del grabado me llamaron la atención las patillas colgando a los lados de la boca y el aspecto puntiagudo de las orejas. «Pinceles —apuntó el médico cuando pasé el dedo por esa parte de la lámina—. También podría ser un lobo o un zorro —me dijo—. Tiene usted que buscar sus deposiciones, preferiblemente, junto al camino de su casa. Cuando las encuentre, ábralas y mire si hay mucho pelo en ellas.» Tanto la idea de buscar los excrementos como la de abrirlos me resultó en aquel momento repugnante, pero luego, ya de vuelta a la casa, encontré las heces y no pude resistir la tentación de revolver en ellas con un palo. Hacerlo no me resultó desagradable. Olían a conejo y, por su aspecto, se diría que esos animales solo se alimentan de pelo.

Me he levantado y he prendido la lámpara que tengo sobre la mesilla. Asomando el cuerpo sobre el alféizar, he movido la luz a un lado y a otro en busca de signos del animal, pero enseguida me he dado cuenta de que la luna llena iluminaba más que mi farol y he terminado por apagarlo. En cualquier caso, no he apreciado nada extraño. Quizá mi luz lo haya espantado. Los animales seguían tranquilos y yo he dejado que el aire templado que asciende por el valle me acaricie la cara. La luna llena teñía de un extraño amarillo las nubes detenidas sobre la llanura distante. He cerrado las contraventanas y me he vuelto a meter en la cama. Mientras regresaba el sueño, de nuevo mirando al techo, he reparado en que no hay hayedos en esta parte del país.

2

Lo veo por primera vez con la mañana bien entrada, mientras arreglo los geranios. Los pliegues de su chaqueta se cuelan por entre las lamas blancas de la verja que da al huerto, justo enfrente de mí. Iosif descansa en su mecedora a mi lado, aunque decir que descansa es, de algún modo, redundante, pues se pasa el día recostado: en la cama, en el sillón del salón y, durante el buen tiempo, aquí, en el porche. Lo levanto cada mañana, lo visto y lo siento donde corresponda según la época del año. Le agarro del codo y él, con pasitos cortos, se deja llevar de un lado para otro como un perrillo complaciente. La enfermedad lo ha reducido a una mínima expresión de lo que fue. Un hombre que ha tenido a su mando divisiones, que ha dispuesto de las vidas de otros hombres, que ha asediado ciudades y pasado a cuchillo a enemigos y sediciosos. Me pregunto si sus viejos adversarios, aquellos a los que sometió hasta convertirlos en súbditos de su majestad, conservarán la antigua furia con la que, sin duda, rindieron sus armas a este hombre a cuya sombra he vivido y cuya sombra es ahora todo lo que respiro. Su mente opera de manera discontinua y lo mismo pasa dos semanas callado, con la cabeza caída, incapaz siquiera de levantarse solo e incluso haciéndose sus necesidades encima, que comienza a regir de manera repentina. En esos episodios, de duración indefinida, se incorpora a la vida cotidiana tan plenamente que parece que nunca la hubiera abandonado. A veces regresa y se comporta igual que un paciente caprichoso. Si estamos en la cocina y me está viendo cortar verduras, me exige que haga trozos grandes, y me explica, por enésima vez, que a él le gusta notar lo que está comiendo. «No quiero purés, mujer. Eso es para los niños y yo no soy un niño.»

En ocasiones, su cordura se remonta al pasado y se dirige a mí como si yo fuera parte de un recuerdo; me llama «comandante Schultz» o «mi flor», con tono marcial o almibarado, según el caso. Y lo extraño es que nunca en la vida, ni cuando estábamos prometidos, me llamó así, «mi flor». Se diría que entre las grietas de su cerebro reverdecen viejos anhelos o el recuerdo de otra mujer a la que, sin duda, deseó durante sus largas ausencias; en la época en que las campañas se sucedían y parecía que el Imperio acabaría ocupando el globo entero.

Por suerte, el que hace años que no me visita es aquel hombre que hacía temblar los cimientos de mi mundo. El modo en que se enfurecía cuando el pequeño Thomas no declinaba correctamente, o cuando volvía manchado del jardín. Lo agarraba de la oreja, tiraba hacia arriba y casi levantaba al muchacho. Lo zarandeaba y no fueron pocas las veces en que recibió bofetones y golpes en los dedos con la regla de madera. Yo le suplicaba que lo dejara, que era solo un niño, y entonces él se volvía y me hundía con la turbidez de su mirada; la de quien ha bebido hasta hartarse la sangre bullente de los hombres. Una mirada cuyo recuerdo todavía me estremece y de la que aún quedan rastros en el fondo de sus ojos.

«El maldito taladro», me digo al ver los tallos agujereados. Son imposibles de exterminar y todos los años tengo que arrancar muchas de mis plantas y quemarlas tras la casa, ya que es la única manera de que la plaga no afecte a los ejemplares sanos. Las tomo por el tallo y las vuelco para sacarlas de los tiestos. La tierra oscura cae al suelo, siempre fresca y bien ligada, formando grumos esponjosos que yo me llevo a la nariz para embriagarme con sus aromas.

Levanto la cabeza en busca del amplio horizonte de la Tierra de Barros y ahí está su chaqueta oscura, colándose entre las tablas blancas, penetrando sucia en nuestra propiedad. *Kaiser* se ha acercado y lo olisquea curioso por este lado de la verja.

Sin apartar la vista del hombre, me incorporo, retrocedo lentamente hasta la puerta abierta y cojo la escopeta que tenemos colgada en el recibidor. He de ponerme de puntillas para alcanzar la bandolera con los cartuchos. Si la amenaza hubiera sido violenta, si en lugar de ese pordiosero hubiera sido un ladrón intentando entrar en la casa, yo no habría tenido tiempo de repelerle. Pero no puedo permitirme que Iosif tenga al alcance de su mano la escopeta cargada. No otra vez.

Los dedos me tiemblan mientras introduzco el cartucho en el tubo. Cierro el arma, desciendo los escalones y camino en su dirección. A cierta distancia me detengo, aprieto con fuerza la culata contra mi hombro y no espero otra cosa que encontrarme a un borracho desorientado frente al cual, deseo, una escoba debería ser suficiente.

«No puede estar aquí —le digo—. Ésta es una propiedad particular.» No responde ni se mueve. No gira la cabeza para mirarme. Desde este lado de las tablas solo puedo verle la coronilla revuelta y sucia. Aguardo. *Kaiser* mete el hocico por entre las maderas y lo achucha como una versión amable de mis punteras, cada vez más impacientes. Me acerco un poco, le doy un par de toques con la culata y me retiro. Sigue sin moverse y por un instante imagino que está muerto. Me desplazo en lateral hacia la portezuela por la que se baja al huerto. Quiero poder asomarme al otro lado sin perder la distancia. Es un hombre delgado vestido con la chaqueta oscura que ya había visto y un pantalón negro. Está recostado contra las tablas, las piernas rectas, la cabeza vencida y las manos sobre los muslos con las palmas hacia arriba. Hay una maleta a su lado y, sobre ella, un sombrero marrón. No parece un mendigo ni un borracho y, si no fuera porque se ha manchado de polvo al sentarse en el suelo, podría entrar así vestido casi en cualquier lugar.

«Tiene que marcharse», insisto con el arma en los brazos y entonces sí, gira la cabeza en mi dirección, pero no la levanta. Tiene la mandíbula untada de ralo pelo blanco. Su camisa amarillea por el cuello, la chaqueta le queda grande.

«No le voy a dar dinero.» *Kaiser* ya se ha tumbado tras él, apretado contra los riñones del hombre, tan inútil como un cuarto de pólvora mojada.

No hay respuesta.

3

A pesar del calor comemos en el porche, algo que nunca hacemos. La escopeta apoyada en la balaustrada, siempre a mano, y un buen puñado de cartuchos en la faltriquera. En esta época del año, por lo general, almorzamos en la cocina, en la parte de atrás de la casa. Allí las ventanas están permanentemente sombreadas por las ramas de la encina.

Lo siento en la cabecera de la mesa y le sirvo la comida. Siempre frugal, muy nuestra, con escasas influencias de la gastronomía local aunque a veces, cuando el jardinero me ofrece caza, guiso uno de sus pocos platos que he aprendido a preparar: arroz con almendras. El favorito de Iosif siempre fue el que llevaba codorniz, pero, desde que cayó enfermo, no es capaz de apurar la carne entre los huesecillos y yo, a estas alturas, no estoy dispuesta a desmenuzarle el alimento.

Cuando terminamos de comer, Iosif se queda dormido, envuelto por el respaldo curvo de la mecedora. De su boca manan hilos de baba que, al igual que tantas otras cosas, ya no me apresuro a limpiar. Sin dejar de mirar al hombre, desciendo los escalones y vierto los restos de comida en la lata del perro, que, al verme llegar, se levanta, se estira y trota feliz hacia su alimento. El hombre no se ha movido en todo el día ni se ha quitado la chaqueta y yo lo imagino sudoroso, tan abrigado bajo el sol de agosto.

Detenida, con *Kaiser* revolviendo la lata a mis pies, haciendo estallar los huesos con sus muelas, me pregunto por qué no toco la campana. Por qué no aviso a la guarnición. En poco tiempo llegará un pelotón y se lo llevarán. Desaparecerán por el camino y no volveremos a verlo. En caso de que sirva en alguna de las casas del pueblo, se llamará a su patrón para que lo recoja en el cuerpo de guardia. Antes, será azotado por el verdugo militar y luego, ya en la casa, el amo decidirá cómo disponer del sirviente díscolo. Siempre ha sido así, al menos en esta colonia.

Si fuera necesario, también puedo matarlo yo. Al mínimo gesto suyo, en cuanto su cabeza asome sobre las puntas de las tablas, cogeré la escopeta y le volaré la cabeza. Entonces, alertados por la detonación, vendrán los soldados y me preguntarán por lo sucedido. Bastará con decirles que el hombre estaba intentando entrar en la propiedad o que me amenazó a mí o a Iosif y esto habrá terminado. Lo atarán a la grupa del caballo y se lo llevarán. Así de sencillo. Pero entonces yo tardaría días, puede que semanas, en conciliar el sueño. Son nuestros hombres los que deben vérselas con esta gente. Los que saben cuándo deben disparar y por qué. Nosotras, simplemente, los hemos seguido hasta aquí. A miles de kilómetros de la patria, a este rincón del exótico sur que hemos convertido en nuestro apacible y pintoresco lugar de retiro.

Paso la tarde entera sentada, a ratos cosiendo, a ratos, simplemente, mirando hacia la verja. La escopeta sigue en su lugar, recordándome que la quietud del hombre no le convierte en inofensivo. A mi lado, Iosif murmura una melodía. Una versión átona de una vieja polca muy de moda en nuestra juventud. En su interpretación demencial, ni el mismísimo autor la reconocería.

Puede seguir donde está, pero no eternamente. A menos que haya elegido ese lugar para morir, tendrá que levantarse en algún momento para beber, para comer, para hacer sus deposiciones. Si espero lo suficiente, veré cómo se incorpora. Quizá después se marche o, por el contrario, empiece a correr en nuestra dirección con los dientes apretados y las venas hinchadas en las sienes. Entonces tiraré mi labor y agarraré la escopeta mientras me pongo de pie. Tendré el tiempo justo para llevarme el arma al hombro y apretar el gatillo con los ojos cerrados. Luego unos segundos de aturdimiento y oscuridad, hasta que las palpitaciones en mis oídos se calmen o tenga el valor de abrir los ojos y contemplar el final de la escena.

4

A última hora de la tarde le acerco una bandeja con un plato de estofado, pan y una frasca de agua. No le pongo cubiertos. Se la dejo a cierta distancia, en la escalera que baja al huerto donde mis hortalizas capturan la luz del sol rodeadas de olivos e higueras.

«Coma lo que quiera y márchese —le digo—. No se le ocurra pasar de la verja o le dispararé.»

La carne humea sobre los escalones. El silencio es un lugar propicio para los enigmas y este hombre, con el suyo, me irrita y, de algún modo, me provoca. Reduce mis posibilidades, me desprecia. Quizá, simplemente, no entiende lo que le digo. Si fuera un ladrón, ya habría vaciado la casa y ni Iosif ni yo hubiéramos podido oponer resistencia. Tampoco *Kaiser*, tan dócil, tan ávido de manos humanas. Si hubiera venido a por comida la habría pedido. Desde donde está habría llamado mi atención, se habría llevado los dedos juntos a la boca y los habría agitado. Tanto si viene desde el pueblo como si ha caminado desde La Parra, es prácticamente imposible llegar hasta aquí sin toparse con una patrulla.

«No puede quedarse aquí. Está usted invadiendo nuestra tierra.» Entonces el hombre gira su cuerpo y me mira por primera vez, pero sus ojos no superan la altura de mi ombligo. Doy un par de pasos atrás, me cruzo de brazos. Me protejo.

A esta hora y a la distancia a la que estoy de él, no distingo sus rasgos. Y aunque hubiera habido luz, me habría sido imposible interpretar una mirada tan baja. Aguanta en esa posición hasta que, quizá aburrido, regresa a la postura en la que ha permanecido el día entero. Por un momento pienso que se sumirá de nuevo en su postración pero, repentinamente, sus manos se apoyan en el polvo y comienza a incorporarse con lentitud. Retrocedo de nuevo. La escopeta descansa lejos, en la balaustrada, con el cañón apuntando a las primeras estrellas.

Pero no amenaza, ni amaga, ni me dirige un solo gesto hostil. Al contrario, parece querer mostrarse, sin más. Mediana altura, pelo moreno, encorvado, quién sabe si por la edad o por las horas contra la valla. Uno de los faldones de la camisa está fuera del pantalón. Mira en mi dirección pero no a mí. Tiene cicatrices por toda la cara. Se diría que un niño se la ha rayado con un objeto punzante. Ojos oscuros y ensimismados que se enganchan en las formas de la casa, a mi espalda, a medida que la recorren.

Se sacude el polvo del pantalón, se remete la camisa, se asienta la chaqueta, cierra los botones y se gira. Sorprendida, lo veo caminar junto a la verja blanca, pero no en dirección a la puerta que da al camino, sino a la escalera que baja al huerto. Pasa junto a la bandeja con la comida, se mete entre los bancales y desciende por el muro inferior hasta perderse entre los olivos, valle abajo. Me quedo quieta durante un buen rato, rodeada por el canto de los grillos y las cigarras, intentando dejar que la figura escuálida que ha pasado el día contra las tablas abandone mi mente, cosa que no sucede.

5

Tres días más tarde, al regresar de mi paseo a caballo, encuentro la cancela entreabierta. Intento ver lo que hay más allá del muro, pero los almendros que flanquean el camino me impiden tener una visión completa de la propiedad. Distingo el tejado del porche, la pradera que lo rodea y algunas partes del huerto. Oriento una oreja en dirección a la casa pero no soy capaz de oír los ruidos que se puedan estar produciendo en el interior de la vivienda.

No puedo tañer la campana sin llegar hasta los escalones. Me giro y, aunque la visión rotunda de la torre del castillo no me tranquiliza, me propone una salida. Tiro de la rienda hacia un lado y *Bird*, a la orden del bocado, da media vuelta. La azuzo con la fusta para que apriete el paso, pero las herraduras resbalan sobre las pizarras del camino que desciende, y la bestia, cautelosa, ajusta sus movimientos para no caer. El resultado es un avance más lento que el que lograría si fuera a pie. Me apeo, agarro al animal de la cabezada y tiro de él sin lograr mayor velocidad. Respiro con ansia creciente. Quienquiera que haya entrado en la propiedad puede estar, en este mismo momento, agrediendo a Iosif, revolviendo en los cajones, tirando los recuerdos, poniendo sus manos sucias sobre mis escritos.

Me detengo. La guarnición, ahora tan lejana. En momentos así vuelvo a preguntarme por qué tuvimos que construir nuestro hogar aquí, tan apartado del pueblo y del castillo. Por qué arrastré a Iosif hasta esta ladera en lugar de seguir los consejos del primer cónsul cuando nos informó de que podíamos tomar una de las casonas del final de la calle Nueva. Nos entregó una carta que guardo en el escritorio y que quizá, en este momento, esté siendo pisoteada por el intruso. «El Estado Mayor ha dispuesto que los oficiales que hayan tenido una participación destacada en la anexión de España tendrán preferencia a la hora de elegir la casa del pueblo que deseen.» A continuación, una lista de nombres determinaba el orden de prioridad y Iosif era uno de los primeros.

Amarro a *Bird* a un almendro y asciendo sigilosamente por el camino hasta el muro donde me apoyo para observar la propiedad. Noto los cartuchos que guardo en la falda apretándome el vientre. Salvo el rumor del agua y el movimiento de las ramas de las higueras, no percibo nada extraño. Sigo subiendo, protegida por el pretil, hasta que consigo tener una visión de la parte trasera de la casa. Las ventanas están cerradas y no hay rastro de *Kaiser* ni de las gallinas. Regreso a la cancela con la esperanza de que quien la haya dejado abierta sea el loco que encontré días atrás. De los posibles agresores, se me antoja el más inofensivo. El perro aparece por una esquina y cruza el prado en dirección al huerto. Lo sigo con la mirada hasta que se detiene y se acurruca junto al hombre. Está arrodillado frente a las tomateras. Quieto con las manos apoyadas en la tierra.

Me cuelo por la cancela entreabierta y desciendo la pendiente sin atender a la arenilla que la cubre y a punto estoy de resbalar; mi mente ya está buscando los cartuchos y descolgando la escopeta.

En el porche, la madera cruje bajo mis pies nerviosos. Desde allí mismo, sin perder de vista el lugar en el que el hombre está, palpo la pared interior y, cuando la encuentro, levanto el arma por el tirante. Saco un cartucho de la faltriquera, abro el cañón y aunque juré que nunca más volvería a tenerla cargada en casa, ahí está el brillo gastado del culote de latón taponando el tubo. Solo entonces me acuerdo de Iosif, que me mira fijamente desde su mecedora quieta. Los dientes, apretados; las sienes, tensas. Lo llama alimaña, hijo de mala madre. En el fondo de sus ojos se acumula el cieno, pero en sus pupilas brilla la codicia sanguinaria del cazador. Dirijo mi mirada al huerto y cierro la escopeta. Siento en mis manos el seco chasquido del fiador asegurando el cañón. Un sonido preciso y firme que alienta en mí una confianza de la que no dispongo. El acero estriado del tubo será mi boca, y la pólvora apretada, mi grito.

«No le voy a decir más veces que está usted en una propiedad particular. Si no se va ahora mismo, le dispararé.»

El hombre no se inmuta. Aprieto con fuerza la garganta de madera, el dedo dispuesto sobre el gatillo. Sé perfectamente que, a menos que intente agredirme, no le voy a disparar. Aun así, me desespera su indolencia. No me mira, no mueve un músculo, no da señales de tener miedo, no ya de una mujer vieja y escuálida, sino de un arma cargada y caprichosa. Una escopeta en manos de alguien que solo ha abatido con ella ánsares y faisanes y, casi siempre, levantados del suelo por ruidosos ojeadores. ¿Qué clase de licores consume esta gente? ¿Por qué se muestran tan displicentes? ¿Dónde está su dignidad?, me pregunto.

Me dispongo a hablar de nuevo. Voy a advertirle de la inmunidad de la que gozo por estar dentro de mi propiedad, por ser Iosif uno de los coroneles que ganó estas tierras para el Imperio, por la posición que yo misma ocupo en la colonia. Voy a hacerlo, pero entonces reparo en que la actitud del hombre no supone ninguna amenaza. Tiene las manos hundidas en el bancal. Sus brazos, con la camisa remangada, parecen sarmientos, y su cuello, el tronco viejo y rugoso de una vid. La cabeza erguida. Tiene los ojos abiertos y perdidos. La tela azulosa que los cubre parece separarle no solo de la visión de las cosas, sino del propio mundo. Un ser enajenado o perdido en quién sabe qué recuerdos.

Arrodillado frente al bancal, ha volteado la tierra con sus manos, ha destapado la humedad del fondo, el tesoro sobre el que se alzan los tersos frutos. Tiene el mentón manchado de tierra húmeda, como si se hubiera dado un banquete con ella. Está ahí, en silencio frente a mí, con las manos hundidas en el suelo.

6

Los pocos días que han pasado desde que le permití quedarse son copias del mismo: se queda tumbado entre los bancales y, al mediodía, cuando ni los encañados ni las higueras le ocultan ya del sol, se levanta y sube a sentarse bajo la gran encina. Luego, ya de noche, regresa a los bancales y se vuelve a tumbar, como si estuviera recuperándose de una fatiga milenaria.

Kaiser ha decidido cambiar la frescura de la casa, y nuestra compañía, por la del hombre. Se queda recostado junto a él la mayor parte del día y solo se levanta, animado, cuando me oye verter las sobras en su lata. Ese mínimo entusiasmo del perro es lo único que parece diferenciar ahora sus vidas. Días de verano en una interminable postración.

Pasamos las mañanas en el interior de la casa y las tardes en el porche, aparentando que nada ha cambiado, que no hay un extraño viviendo en nuestra huerta. Coso o leo o, al menos, lo intento, aunque, en realidad, me consumo pensando en él, que me desconcierta y me intriga por igual. De vez en cuando me acerco a la verja para saber si sigue ahí, del mismo modo en que, cada tanto, dirijo una mirada al pecho de Iosif. Y cuando lo veo, con esa extravagante manera de ocupar nuestro espacio, me pregunto por qué le he permitido quedarse aunque, en rigor, no haya habido por mi parte un consentimiento expreso.

En cualquier caso, no sería la primera vez que un lugareño ebrio llega hasta la propiedad. Se emborrachan en la bodega de la calle Badajoz y, en ocasiones, cuando no encuentran el camino a sus casas, aparecen perdidos por las sierras. Beben sin más propósito que la ebriedad. No hay sociedad en sus reuniones, solo alcohol de la peor destilación, que tragan igual que si fuera agua. ¿Qué clase de vida llevan para no ser capaces de contener sus apetitos? Qué decir de sus patrones cuando eso sucede. ¿Es que no son capaces de vigilar a sus sirvientes? Pienso en la nodriza que amamantó a Thomas y la imagino contaminando a nuestro hijo con su leche cuajada por el orujo. Pero, claro, ¿qué puedo decir yo, que tantas veces he notado el pocillo de las monedas revuelto por la mujer que regularmente sube del pueblo para limpiar la casa y lavar la ropa? Su cercanía me resulta tan desagradable como la de la mayor parte de los lugareños con los que me he cruzado: holgazanes, gregarios, oscuros. Y el jardinero, ¿cuántas veces he tenido que darle dinero para que compre herramientas nuevas? ¿Qué sería de esta gente sin nosotros?

7

Generalmente le llevo el desayuno temprano, cuando todavía es de noche. Bajo los escalones con cuidado y atravieso la pradera mirando al suelo por encima de la bandeja, tratando de no tropezar en medio de la oscuridad. Abro la portezuela, dejo la bandeja sobre la escollera y, solo cuando compruebo dónde está, me voy. Para cuando se despereza, mucho tiempo después, el café está tan frío como el pan que le tuesto cada día. En alguna ocasión he valorado la posibilidad de adaptarme a sus horarios. No tengo obligaciones que me lo impidan, pero prefiero no encontrarme con su mirada vacía. Por más que ya considero su presencia prácticamente inofensiva, saber que está ahí es un zumbido constante en mi cabeza desde el mismo día en que apareció.

Hoy, sin embargo, cuando llego, no lo veo entre los bancales. Recorro los pasillos del huerto, sus límites, los espacios entre los frutales y hasta las zarzas, sin encontrarlo. Respiro aliviada pensando que todo ha terminado. Que, por fin, se ha cansado de estar aquí y ha seguido su camino y la situación ha quedado resuelta sin que yo tenga que tomar una decisión. De vuelta a la casa, siento la hierba que ya empieza a crujir bajo mis pies debido a la sequedad, pues no he vuelto a ocuparme de ella desde que el hombre llegó. Hace días que ni la riego ni la recorto, y me pregunto qué le voy a contar al jardinero la próxima vez que suba a segar y a ocuparse del huerto. A punto de entrar, lo veo sentado contra el tronco de la encina donde hoy, al parecer, ha pasado la noche. Quiero creer que está dormido. Me dirijo hacia el árbol y, a un par de pasos del hombre, dejo la comida en el pasto y retrocedo con el mismo sigilo con el que salía de la alcoba tras dormir a Thomas cada noche. Pero, al inicio de mi retirada, el hombre levanta la cabeza y comienza a moverla en todas direcciones como si buscara un mosquito orbitando alrededor de su pelo. Me separo un par de pasos y me cubro con el chal. Entonces él se pone de pie y comienza a caminar lentamente hacia el huerto. Yo me quedo quieta, expectante, viéndole alejarse. A mitad de camino el hombre se detiene y gira su torso hacia mí y así permanece hasta que, por fin, le sigo.

Al pie de los cultivos, representa para mí el momento en el que su vida comenzó a volverse del revés. Toma un puñado de tierra, se lo lleva a la nariz, lo aspira y entrecierra los ojos como si catara un vino. Reconozco esa expresión entre concentrada y extasiada. Yo también busco en mis tiestos aromas humosos, trazas de madera podrida, vetas minerales. Compases de una melodía oculta que me hablan de la humedad, de la consistencia o de la estructura de la tierra.

Su discurso es atropellado y su habla cerrada. Cada cierto tiempo intercala alguna palabra en nuestra lengua, cosa que acentúa mi perplejidad. Señala al fondo del valle, cita lugares del pueblo, pronuncia nombres. Dice «Corredera» y también «Guindas» y lo hace tartamudeando, mordiéndose el labio, agitando la cabeza de forma espasmódica. Y luego se queda callado y su cabeza vuelve a vencerse sobre el pecho, como alguien a quien la vergüenza doblega.

Pasa media mañana así, liberando palabras que vuelan en cualquier dirección, incoherentes. Alguna vez hila una frase, pero, por lo general, solo pronuncia monosílabos y son precisas varias horas de escucha hasta que el discurso errático del hombre y mis sospechas se encuentran. Comprendo que hay un relato en ellas y, súbitamente, me levanto y me dirijo a la casa. De ella regreso con mi cuaderno y un lápiz. A partir de ese momento pasaré horas sentada junto a él, atenta a los labios de ese hombre que parece vivir solo, ajeno a la presencia de esta mujer que lo observa perpleja.

Por la noche, después de acostar a Iosif, repaso las notas tomadas durante el día: palabras sueltas, frases en las que se mezcla su lengua con la mía, apuntes sobre un gesto o incluso alguno de mis torpes dibujos. Siento que cada anotación es el pilar de un puente derruido y, sin intuir siquiera el alcance de mi acto, tomo la pluma para tratar de reconstruir ese puente y escribo que lo despierta un motor que ruge como un felino metálico y terco y que el suelo sobre el que está recostado vibra. Que siente el cuerpo dolorido y la cabeza embotada y que tiene costras de sangre seca apelmazándole el pelo a un lado de la cabeza. Láminas de luz polvorienta penetran por las rendijas del lugar en el que se encuentra, pero apenas distingue las formas derramadas por el suelo, ni sus movimientos cansinos. Fuera, al otro lado de las tablas, unos soldados charlan. Suenan campanas por encima de su cabeza, a no mucha distancia. Tañidos sin cadencia que no llaman a misa ni a entierro y que tampoco son de alarma. Como si unos monaguillos estuvieran jugando a colgarse de las sogas del campanario.

8

Me despiertan unos golpes metálicos. La luz que entra por la ventana abierta ya ilumina la habitación entera. Iosif duerme a mi lado. Sobre el escritorio se reparten los papeles de anoche. Están desordenados, con el tintero sobre ellos y el secante fuera de su sitio. Me levanto, me cubro con el chal y me apresuro a salir. Encuentro al jardinero en la puerta de la cuadra con las herramientas para la jornada. Le saludo con una cortesía impropia de nuestra relación y, aunque trato de aparentar normalidad, mi mera presencia allí, dándole la bienvenida, es en sí una anomalía que ninguno de los dos sabemos cómo manejar.

Después de algunos rodeos —el bochorno que se anuncia para el día, las flores de las genistas—, finalmente le cuento que he decidido prescindir de sus servicios durante las próximas tres semanas. Que quiero ser yo la que, después de tantos años de atenta observación, asuma la responsabilidad. Mientras se lo digo, el hombre levanta una ceja y echa la cabeza hacia atrás ligeramente, separándose de mí. Cuando termino, me habla de la cantidad de trabajo que da un huerto en verano y me mira de arriba abajo, quizá recordándome que soy una señora entrada en años y que, en mi posición, es inadecuado desempeñar esas tareas. Habré de remover la tierra con un azadón pesado para conducir el agua entre los caballones, amarrar las cañas con una tensión capaz de reventar la piel de las manos, arrastrar ramas, acarrear y baldear suficiente cantidad de agua para regar todo el césped que rodea la vivienda.

Le pido que espere un momento donde está y vuelvo a la casa a por mi monedero. Al regresar, saco el pago correspondiente a las jornadas que no trabajará y añado algo más. Le ofrezco el dinero y él lo toma.

Antes de marcharse dirige una mirada melancólica al huerto, como si lo estuviera privando de una golosina largamente esperada aunque, en realidad, lo que hace es recorrerlo buscándole un sentido a mi decisión. No percibe nada extraño. Desde luego, no al hombre, oculto al pie de los altos encañados por los que trepan las judías o bajo las turgentes hojas de las matas de calabacín. Luego se levanta la boina en señal de respeto, asciende la rampa y, tras cerrar la cancela, emprende el camino de regreso al pueblo con más dinero del que nunca ha llevado encima.

Subo la pendiente y allí me quedo, apretando los barrotes de la reja, hasta que lo veo desaparecer tras la curva de la gran higuera. Entonces, cuando ya no hay posibilidad de que me vea, bajo al huerto para comprobar que el hombre está bien escondido. Y solo entonces me doy cuenta de que lo estoy ocultando. De que, aunque no soy capaz de nombrar los motivos por los que le he permitido quedarse, soy perfectamente consciente de que, teniéndolo aquí, contravengo la ley. Una norma que prohíbe tener relaciones estables con lugareños sin informar de ello a la autoridad, en esta zona, el cónsul. Se han dado casos de colonos que incluso han terminado en la cárcel cuando se han descubierto vínculos no autorizados. El más conocido se produjo unos años atrás, en algún lugar de las colonias africanas, cuando, según los periódicos, una familia de granjeros había admitido en su seno a uno de sus siervos y éste había terminado violando a una de las hijas. El criado fue llevado a la horca y el cabeza de familia a la cárcel por consentir semejante familiaridad. *El Semanario Imperial* se encargó de difundir la noticia con todos sus detalles. Recuerdo que, durante aquel tiempo, Iosif y yo tuvimos algunas conversaciones al respecto. Fue él quien me llamó la atención sobre lo extraño que resultaba que el *Semanario* informara de un suceso tan truculento. «Inconveniente», solía decir él para referirse a aquello que pudiera molestar a la buena sociedad.

A mediodía, cuando voy a dejarle la comida, lo encuentro de pie, de espaldas a mí, balanceando el cuerpo como si quisiera golpear el tronco de la encina con la frente. Está hablando solo, o quizá con la encina o con sus recuerdos. Dejo la bandeja en su lugar, pero esta vez me aseguro de que oye el tintineo de los cubiertos. Deja de hablar, pero sigue de espaldas a mí.

Me señalo el pecho, digo mi nombre y al instante me siento estúpida: «Señora Holman. Me llamo Eva Holman». *Kaiser* se ha acercado y olisquea el plato de arroz que hay sobre la bandeja. Lo miro con severidad hasta que se retira babeando hacia el lugar donde el hombre sigue quieto. «Señora Holman», murmuro, a punto de darme por vencida. No volveré a decir mi nombre a la espalda de nadie. Ha sido un error. Todo esto es una locura. Mi descabellado intento por comprender. Y entonces habla. Al principio no entiendo lo que dice. El tronco de la encina parece comerse sus palabras. «Leva», dice, y lo sigue repitiendo mientras voy a la casa en busca del cuaderno.

Por la noche llevo a Iosif a la cama antes de su hora. Me pregunta por el «pordiosero». Le doy largas mientras, sentado sobre la lana del colchón, le subo las manos para embutirlo en su camisola de dormir. Bajo sus brazos penden dos bolsas gelatinosas. Su cuerpo entero tiende al suelo de ese mismo modo.

Para cuando me siento a escribir, sus ronquidos parecen olas secas batiendo contra un espigón. Con la pluma en la mano, lo miro y siento la extrañeza de verme en medio de un campo de batalla, entre ejércitos que aguardan para aniquilarse.

Debo contener a Iosif y, al tiempo, atender a aquello que el hombre del huerto parece querer decirme.

La pluma rasca el papel, un sonido cordial junto a la llama ondulante de la bujía. Retomo el trabajo donde lo dejé el día anterior y escribo que no le es posible saber cuánto tiempo lleva en el camión, ni dónde estaba antes. Tampoco la dirección que toma cuando emprende la marcha. Primero piensa que van a Portugal y luego que se dirigen a Badajoz. «Teresa», murmura, alineando su voz con la vibración de la caja.

Los baches le adormecen.

No consigue despertarse plenamente ni cuando, por fin, el camión se detiene y la máquina deja de rugir. La vibración da lugar a un barullo de gritos al otro lado de las tablas y de empujones dentro. Gente que va y viene, soldados que vocean, algún disparo lejano, llantos infantiles y ladridos. Desde fuera golpean las puertas con dureza de martillo. Leva, que yace junto a ellas, se sobresalta y trata de llegar al fondo de la caja, creyendo que allí encontrará refugio. Al hacerlo, tropieza y cae sobre cuerpos que gruñen. Se arrastra y, por más que lo intenta, no logra alcanzar su objetivo porque ya hay, adherido a la última pared, un grupo de personas que ha huido hacia ese lugar antes que él.

9

Mi cuerpo, de alguna manera, está sincronizado con el sol y el mismo eje que lo mueve debe de prolongarse y accionar algo en mí cuando asciende cadencioso por el este. Da igual que sea invierno o verano, que durmamos con las ventanas abiertas o cerradas, porque, generalmente, justo antes del alba me despierto. Incluso hoy en que el sueño, además de corto, ha sido un continuo sobresalto. Aun así, a la hora dictada, me despierto, me abrigo y salgo al porche, donde, apoyada en la baranda, aspiro los olores del amanecer a esta hora en la que Iosif todavía duerme y yo aún no estoy tan despierta como para asumir la amargura de los días.

Quisiera seguir así, detenida en este presente de fragancias, asomada a mi balcón de madera, en otro tiempo una atalaya y ahora, si acaso, un reclinatorio. Pero no puedo seguir así, viviendo solo este instante, cuando de la noche pasada vienen a mí, sin que pueda evitarlo, fragmentos de su horror. Siento el chirrido de las fallebas del camión nítidamente, igual que siento el tacto pulido de la baranda en la que ahora me apoyo. Y puedo ver las puertas abrirse y sentir la luz exterior que entra violentamente y le obliga a protegerse los ojos. En medio de los empujones, las voces y los gritos de los soldados, distingue la media docena de cuerpos que han viajado con él y también nuevas formas centelleantes subiendo a la caja. Y para cuando sus pupilas se han adaptado a la nueva claridad, las puertas ya se han cerrado sin haber podido reconocer siquiera el lugar en el que se han detenido. Con la mirada todavía aturdida, siente los nuevos cuerpos acercarse y, nada más reemprender la marcha, los oye cuchichear. Luego, debido al ronroneo del motor y a los chirridos de las ballestas mal engrasadas, esos susurros van elevando su volumen hasta que Leva puede entender lo que dicen.

«¿A dónde nos llevan?», se preguntan unos a otros. Y también: «¿Quiénes son los soldados?». Las suposiciones se mezclan con testimonios sobre las atrocidades que han sufrido o presenciado. Algunos ya parecen haber superado la perplejidad y se ocupan en tratar de conseguir información sobre sus familiares. Citan calles de la ciudad de Badajoz que Leva ha oído nombrar muchas veces pero en las que nunca ha estado. Alguien dice que es de Olivenza y que su pueblo ha sido cañoneado. Cuenta que fue capturado mientras trataba de huir a Portugal con otros vecinos. Los sorprendieron a punto de cruzar por

Puente Ajuda y los devolvieron al pueblo para ser llevados en carro hasta Badajoz. Allí los condujeron a la plaza de toros, donde ya había concentrada mucha gente. Cada tanto, los militares entraban y se llevaban a grupos de personas y los que quedaban dentro podían oír los disparos de los pelotones al otro lado de los muros de la plaza. Cuando lo sacaron a él, cuenta, pensó que iba a morir y dice que gritó los nombres de sus padres y hermanos y que se despidió de ellos, sin saber siquiera si estaban allí. Sus palabras flotan en la oscuridad de la caja. Da gracias a Dios por haberse salvado, alternando sus plegarias con llantos súbitos y arcadas de alucinado. Antes de callarse para siempre, quizá queriendo animar a sus compañeros de viaje, cuenta que sabe que se ha salvado el maestro del pueblo con su mujer embarazada y dos hijos. «Y eso, porque tenían una moto vieja», dice. Luego, con el tiempo y los kilómetros, las voces se van extinguiendo hasta que no se oye otra cosa allí que los ruidos del camión.

De la pesadilla me despierta la visión de su chaqueta, colgada de un saliente de la encina. Tan sucia y arrugada que me ha costado diferenciarla del tronco. Sin pensarlo, desciendo los escalones y me aproximo sigilosamente a la verja para echar un vistazo al huerto. Por entre las cañas veo asomar sus perneras, las botas juntas a un lado y los talones aflorando sucios por los calcetines rotos.

Camino hacia el árbol sin perder de vista la verja, sabiendo que, si me sorprende toqueteando su chaqueta, será tarde para poner excusas. Y mientras me acerco, aún envuelta por los aromas renovados del amanecer y la brisa que todavía agita algo las jaras, percibo el olor de la prenda incluso a varios pasos de distancia.

Parte del forro se ha descosido y asoma ligeramente bajo el faldón. A pesar de la suciedad y de algún pequeño desperfecto, se aprecia la calidad del género. Tengo que apartar la cara cuando estoy cerca de ella. Pienso que si pudiese revolver con un palo en sus olores y separarlos, quizá podría reconstruir el camino que lo ha traído hasta aquí: hogueras en cunetas, un perro metido hasta las trancas en un lodazal, la transpiración macerando su cuerpo, siempre abrigado, avanzando con su podredumbre hacia este preciso lugar.

La descuelgo tomándola por el cuello con dos dedos, como si fuera un pescado podrido. Pesa más de lo que imaginaba. Palpo los bolsillos exteriores y noto unos bultos duros que me parecen piedras. Para revisar el interior extiendo la chaqueta en el suelo y, ahora sí, la abro con un palo. Una etiqueta cosida al forro dice que ha sido confeccionada en Meulenhoff, la mejor sastrería de la capital.

Lo primero que me viene a la cabeza es la verdad: que la chaqueta no es suya y que, seguramente, la ha robado. La examino con más detalle y descubro las iniciales del propietario bordadas en el forro. Una «a» y una «be». Adolf Brauer, András Bohr, Arnold Blume.

Suelto la vara, palpo los bolsillos interiores y mi mente deja de hacer combinaciones cuando extraigo de uno de ellos un sobre de papel envejecido. Tiene las esquinas gastadas y la solapa sin pegar. La levanto y de él extraigo lo que parece una carta. Siento que voy a ser sorprendida en cualquier momento. Que el hombre del huerto va a madrugar precisamente hoy. La vergüenza es un sentimiento repugnante que a mí siempre me conduce a la infancia, al día en que mi padre me sorprendió con sus estampas pornográficas en la mano. Antes de plegar de nuevo la hoja y devolverla a su sitio, leo la firma: «Adrien Boom, teniente. Cuerpo de Ingenieros». Una rúbrica sencilla y, luego, una dirección postal que no me concedo tiempo para leer.

Mientras preparo el desayuno no paro de repetir mentalmente el nombre y el rango del firmante e, inevitablemente, reconstruyo lo sucedido.

El teniente Boom, uno de tantos militares destinados a las colonias, almuerza en un velador de la Corredera. Con el calor que está haciendo estos días, ha colgado la chaqueta en el respaldo de la silla. El mozo no acaba de traer el segundo plato, así que entra a la taberna para reclamarlo y el delincuente que ahora duerme en mi huerto no tiene más que acercarse a la silla y llevarse la chaqueta.

O quizá es el propio teniente Adrien Boom quien está tirado entre mis tomateras. Su vehículo se ha salido de la carretera de La Parra, cuando estaba a punto de entrar en el pueblo procedente de la Prefectura de Olivenza. El automóvil se ha precipitado por uno de los pequeños barrancos del arroyo y el teniente se ha golpeado contra el parabrisas haciéndose cortes en la cara. Conmocionado, ha conseguido salir del coche y se ha puesto a caminar desorientado hasta que se ha topado con nuestra verja. Pero lo cierto es que no son cortes; son cicatrices.

Cuando lo veo subir del huerto, salgo a su encuentro. Le pregunto directamente por la carta. Nombro al teniente Boom y hasta señalo su chaqueta. A estas alturas tanto me da ser descortés, haber rebuscado en los bolsillos de otra persona, exponerme de tal modo. En mi casa hago lo que me viene en gana, me justifico. Continúa su camino, ausente, ignorando mis palabras. Me pongo delante de él y, por fin, se detiene. No me mira. Sus ojos flotan libres en las cuencas. Se mueven de un lado para otro sin sentido, como si todo mereciera un instante de atención o, al contrario, como si nada de lo que le rodea, incluida yo, fuera de su interés. El sol, en su punto más alto, hace que los cortes de la cara cobren relieve. No había reparado suficientemente en ellos. Cordones de piel morena y tensa, bajo la cual un insecto avanza. Es un hombre sin juicio ni voluntad. Seguirá parado frente a mí hasta que me aparte. Su rostro marcado le convierte en un ser repugnante. Pienso en qué hubiera hecho yo si, en lugar de en esta extraña situación, me lo hubiera encontrado de noche en la Wipplingstraße.

10

Después de la desoladora visión de su rostro, trato de volver a mis asuntos. Pero ¿quién podría dedicarse a sus cosas sabiendo que un loco desfigurado holgazanea a unos metros? Mis intentos son inútiles. Mi imaginación, más fuerte que mi voluntad, vacía mi mente de pensamientos cabales. Me arranca del presente y no soy capaz de pararla. Veo a los soldados que los custodian, pero no modelo sus rostros. Visten el uniforme de nuestra infantería. Tienen la estatura de Thomas, son figuras repetidas de mi hijo, el muchacho dulce y curioso al que no pude retener. Su inocencia vulnerada es una espina que jamás lograré sacar de mi carne.

En la cuadra, intento distraerme peinando a *Bird*. Le paso el cepillo por las ancas, palpo su tenso cuello, acaricio sus quijadas. Con la palma bien abierta le doy avena. Sus ojos son enormes bolas oscuras, tan indescifrables como los ojos del hombre. Entonces suelto el cepillo, salgo de la cuadra y voy a la encina.

Está tumbado de cara a mí, con los ojos abiertos. Me agacho, le abro la chaqueta, meto la mano en el bolsillo y saco la carta. El tacto del papel gastado, pulidas sus aristas por el roce con la tela. Me guardo el sobre en el delantal y me voy.

Una carta de recomendación. Eso es lo que este hombre llevaba en el bolsillo. Un documento fechado más de veinte años atrás en el que el teniente Boom le cuenta a un tal Swartz que el portador del documento es servicial, eficiente, discreto y hábil con las manos. Que conoce suficientemente *nuestra lengua* como para entender lo que se le ordena. «En el tiempo que ha estado a mi servicio —dice Boom—, ha cumplido cabalmente con sus obligaciones. —Y añade—: Estoy seguro de que le será de gran ayuda en su granja. Ruego a Dios tenga usted la bondad de acogerlo.»

11

Cada día rememoro a Thomas. No concibo mis días sin su rostro. Pero lo cierto es que hacía tiempo que no pensaba en él de este modo: como un soldado. Yo lo acompañé a Zafra, donde, con algunos jóvenes más, tomó el tren en dirección al frente oriental. En aquel tiempo Iosif estaba en África, guerreando contra los moros o los negros, tanto da. Tuve que ser yo la que, sola, agitara el pañuelo entre maleteros, sirvientas y burros cargados. Rodeada de una muchedumbre, pero sola. Nunca he sentido tanto dolor como en aquel regreso desde Zafra. El carruaje, la insoportable compañía de los demás viajeros, la angustiosa sensación de que nunca más volvería a ver a mi hijo.

12

Durante el tiempo que dura el viaje hacen paradas frecuentes. En ellas repostan combustible, sustituyen a los conductores o reemplazan a la escolta pero, sobre todo, sacan y meten gente. Abren los portones, se asoma un oficial, a veces un simple soldado, y señala a varios reos que son obligados a bajar.

Uno de esos días se detienen en un apartadero alrededor del cual se alzan altísimos olmos de troncos blanqueados. Apagan el motor y los cautivos, en su costumbre, se retrepan hacia el fondo de la caja. A esa hora, el sol es un anuncio bajo el horizonte lejanísimo, amarilleando aquel primer cielo como una aguada de cadmio. Suenan los cerrojos, se abren las puertas y el aroma vegetal del regadío se queda flotando sobre los campos circundantes, incapaz de penetrar en la densidad de la atmósfera interior. Los prisioneros que se deciden a mirar pueden ver los otros camiones que hay allí aparcados y también el arco de soldados dispuestos frente a la caja abierta. No reparan en los colosales árboles que se levantan al fondo. Sí ven, no les queda más remedio, el gesto de desagrado del oficial que, desde fuera, husmea la caja conteniendo su repulsa y también su enfado. Manda llamar a los conductores y a la escolta que da allí el relevo, los pone delante de la caja abierta, señala con el brazo electrificado a ese cieno de hombres apretados contra el fondo y, delante de la escolta de refresco, los abronca por el penoso aspecto de la carga. Los cautivos lo miran sin entender el enfado. Sin saber que es su lamentable estado el motivo por el que los soldados están siendo reprendidos. Y aunque hay allí algunos que comprenden la lengua del oficial, no son capaces de asimilar, a la luz de lo sucedido hasta ese momento, que haya en ellos algo con el suficiente valor como para someter a los soldados a semejante humillación.

El oficial les hace gestos para que se pongan de pie y, entumecidos, se levantan apoyándose los unos en los otros. Los que están en primera línea tratan de filtrarse entre los cuerpos que tienen por detrás, pero la densidad humana lo impide. Gruñen los del fondo, amalgamados con los que ya han muerto, ocultándolos sin proponérselo a ese hombre que, por unos minutos, ha invertido el sentido de la violencia.

Sobre las tablas desocupadas tras el repliegue hay ropas sucias, restos de paja, barro y algún hatillo medio abierto. Allí, entre la inmundicia, y por orden del oficial, los soldados dejan algunos panes y también una lechera de aluminio y luego cierran los portones y los palmean con fuerza para que el camión arranque. Y entonces los prisioneros, pólvora bien atacada, estallan hacia la parte trasera de la caja. Alguien grita para intentar poner orden, o para evitar ser pisoteado, pero su voz se pierde en un tumulto feroz donde quien no chilla, muerde.

Al principio Leva piensa que es el azar quien gobierna su nueva vida. Quién sube o quién baja, generalmente, viene determinado por un dedo que indica sin un sentido aparente. Lo mismo da si el elegido es anciano o joven, si procede de un país o de otro. Paran, señalan y la gente es arrastrada por las tablas y, a veces, cuando el elegido no se decide, es echado a patadas por sus propios compañeros de cautiverio, del mismo modo que hace el organismo sano cuando expulsa al cuerpo extraño.

Con los días se dará cuenta de que no es el azar sino la violencia la que se ha hecho cargo de su destino. Viven los que son capaces de golpear a otro para hacerse con su comida, arrancándosela de las manos o sacándosela de la boca si es preciso. Viven los que aguantan de pie y no sucumben al cansancio que los empuja al suelo, donde ya se acumula un sedimento de cuerpos. Sobre ellos se suben y durante horas levantan los mentones para atrapar el poco aire que hay en la parte alta de la caja, allí donde unos orificios dejan pasar algo del exterior. Viven los que son capaces de soportar la compresión que se produce cada vez que el camión se detiene y las puertas se abren. Y Leva está vivo.

13

Estimado teniente Boom:

Mi nombre es Eva Holman y me dirijo a usted para informarle de que, de una extraña manera, ha llegado a mis manos una prenda que, creo, es de su propiedad. Se trata de una chaqueta de sarga oscura con botones de ébano.

La portaba un hombre cuya identidad no puedo precisar pero que quizá, por su descripción, usted reconozca: aproximadamente un metro sesenta de estatura, pelo moreno y ondulado, nariz aguileña y, muy particularmente, cicatrices en la cara.

En uno de los bolsillos encontré una carta de recomendación firmada por usted cuyo beneficiario ignoro si es este hombre u otro.

Le ruego se ponga en contacto conmigo para indicarme cómo proceder, pues cabe la posibilidad de que su nombre pueda haber sido utilizado de manera espuria.

Afectuosamente,
Eva Holman,
Señora del coronel Iosif Holman, del VI Regimiento de Fusileros de Su Majestad

14

A pesar de que intento acercarme a él, de que trato de entenderle, a menudo lo veo y no puedo evitar sentir repulsión. Es un hombre mayor, pero perfectamente capaz de trabajar. Se ha presentado aquí, en nuestra casa, envuelto en su obstinado hermetismo y ha conseguido lo que los pordioseros, los que, si la tuvieron, abandonaron toda dignidad: ser alimentados por otra mano. Y esa mano es la mía y yo la miro y no termino de entender cómo ha sido posible que suceda. Que yo, hasta ahora firme, esté siendo quien le pone cada día delante un plato de buena comida. La misma que se entretiene en tejer su historia por la noche. Que sea yo quien, no solo le alimenta, sino que le protege. Yo, que siempre he creído en la idea de que no debe haber espacio entre nosotros para los holgazanes, los pusilánimes y los cobardes. Si hemos alcanzado un lugar hegemónico en la historia ha sido porque hemos sabido expulsar a los débiles. Una bandera tan grande como para albergar a los pueblos del mundo. Un solo Dios verdadero. Un solo rey.

Y siento esto a pesar de saber lo que ya sé, o creo saber, acerca de este hombre y de este pueblo. ¿Dónde está mi caridad, aquella que abracé siendo joven? ¿Se puede hacer compatible lo que la patria quiere de nosotros y lo que nuestra religión nos enseña? ¿No nos dice acaso el Evangelio que nos amemos los unos a los otros? ¿No le lavó el Señor los pies a una ramera? Quizá sea eso lo que estoy haciendo con mis cuidados. Seguir la Palabra. Y si es cierto que ése es mi motivo, ¿de qué manera debo actuar para no contravenir la ley? Me pongo en peligro y no sé por qué, como quien se siente atraída por un abismo y juega a traspasar la línea que separa la vida de la muerte. Y esto, estar y no estar, callar, acoger, ocultar, no solo me produce desasosiego, sino que me desespera.

Si pienso en él trabajando esta tierra, imagino a un hombre recio y frugal, apegado a los suyos y temeroso de su Dios, que acaso es el mío. Le atribuyo los rasgos, lo sé, de un modelo: nobleza, sensatez, bondad, abnegación, capacidad de sacrificio, patriotismo incluso. Veo en él, en definitiva, a uno de nuestros campesinos. Uno de esos hombres que, con su trabajo, nos alimentan y a los que hemos buscado un lugar adecuado. Mezclado solo con los de su clase, por supuesto, pero protegidas sus cosechas por nuestras leyes. Ensalzado en las gacetas de provincias, merecedor de galardones en las ferias agrícolas, premiados sus mejores bueyes con cintas de raso tricolor, propietario de sus tierras, de donde no debe salir, para su bien y el del Imperio.

Sin embargo, está ahí, tirado igual que un perro, como si hubiera renunciado a la dignidad que por ser hombre también le habrá sido otorgada, incluso aquí, en este lugar remoto. Llegó, aunque destallado, bien vestido, pero no debió de tardar demasiado en echarse al suelo, manchándose con el polvo, dejando que su pelo se enmarañara y se llenara de paja. ¿No es acaso ésa la estampa de la decadencia? El que cede a las fuerzas de la naturaleza y no se opone, sino que se deja llevar por los impulsos y la carne. Un verdadero hombre es el que sabe renunciar.

15

Estimada señora Holman:

Gracias por ponerse en contacto conmigo y por su gentileza. Ignoro de qué «extraña manera» ha llegado a usted esa prenda que, por su detallada descripción, no cabe duda, es de mi propiedad. O al menos lo fue.
Veo por el matasellos que me escribe usted desde las colonias españolas. Si es ahí donde, como supongo, ha llegado a sus manos mi chaqueta, debo expresarle mi asombro, ya que, si no me equivoco, la última vez que vestí esa prenda fue en una de las estaciones madereras de los territorios del norte, donde serví durante algunos años.
La descripción de quien la portaba tampoco ofrece lugar a equívoco. Sus rasgos generales podrían corresponder a los de muchos hombres pero las marcas en la cara y el que llevara una chaqueta

con mis iniciales reducen las posibilidades a uno solo.

Tampoco yo puedo precisar su identidad dado que en el tiempo en el que estuvo a mis órdenes no pronunció ni una vez su nombre. De hecho, solo en una ocasión pude oír su voz. En cualquier caso, ese hombre con el que usted se ha encontrado causó en mí cierta impresión. Tanto es así que redacté para él una carta de recomendación que, tengo la sensación, por los años transcurridos, surtió efecto.

Suyo,
Adrien Boom,
Teniente ingeniero retirado

16

Si es cierto que el teniente y yo hablamos de la misma persona, si doy por buena esta identificación en la distancia, el hombre del huerto ha hecho un largo camino para llegar hasta aquí. Lo ha reconocido claramente a pesar de la descripción que le aporto, que, por lo demás, podría corresponder a la mayoría de los hombres de este país. De hecho, al principio todos me parecían iguales: ojos oscuros, cetrinos de piel, actitud reconcentrada. Lo que no ofrece ninguna duda son las cicatrices en la cara. No debe de haber muchos hombres con esa clase de marcas.

Pero ¿qué hace aquí? ¿Por qué no huyó cuando le amenacé con mi escopeta la primera vez que lo vi? ¿Por qué no asomó en su mirada ni una sola señal de miedo o de cobardía? Es un loco, un inconsciente. La clase de comportamiento de un niño que no sabe, ni siquiera, lo que es un arma de fuego.

Si Iosif estuviera en su sano juicio le preguntaría por esas explotaciones madereras de las que habla el teniente en su carta. «Una de las estaciones», dice. ¿Una de varias? ¿De muchas? Quién sabe.

17

En la estafeta militar el soldado me saluda con exagerada cortesía. Es joven, quizá recién llegado, yo al menos no le he visto nunca. Puede que todavía no haya tenido tiempo de escuchar las historias que se cuentan sobre mí. Sobre mi carácter «rebelde». Revisa el formulario de telegrama que le he entregado punteando las casillas con su lápiz. «Teniente Boom. Boulevard Sweitz...», repasa.

—Falta una cifra en el distrito postal del destinatario.

Me devuelve el papel y me indica con el lápiz el lugar. Lo completo, vuelve a leerlo y, finalmente, lo sella y lo deposita en la bandeja que dice «salida».

—¿Sería tan amable de enviarlo con urgencia?

—Por supuesto, señora. Será enviado hoy mismo.

La oficina está vacía. Hay tinteros dispuestos en los atriles de madera adosados a las paredes. Fuera, en el patio de armas, suenan los cascos de los caballos y algún vehículo que entra o sale.

—¿Podría enviarlo ahora?

El joven me mira.

—Lo siento, señora, pero no me está permitido. El oficial de comunicaciones es el único que puede operar el telégrafo.

Es un muchacho bien adiestrado, capaz de dirigirse con modales afectados a una señora venerable y, al tiempo, riguroso cumplidor de sus obligaciones administrativas. Me siento tentada de persuadirle. «Estamos solos —quiero decirle—. Hágalo por esta vieja dama. Nadie se enterará y yo le estaré muy agradecida.» De nuevo apremiada, como si el hombre del huerto se fuera a morir mañana.

—Claro, por supuesto —concedo—. Que tenga usted un buen día.

18

Suena la campana de la entrada. A través de la ventana de la cocina puedo ver al cartero en la cancela. Le doy tiempo. Mueve la cabeza a un lado y a otro y luego hace visera con la mano y mira hacia la casa. No me ve. Vuelve a tañer la campana y espera. Revuelve en su saca y extrae de ella un sobre. Lo encaja en uno de los adornos de la reja y se marcha. Veo asomar su cabeza al final del murete, justo encima del huerto. Busca al hombre cuya presencia aquí, al parecer, ya está en boca de todos.

Mientras me seco las manos para ir a recoger el sobre pienso en lo que se estará diciendo de mí en el pueblo. Imagino a las mujeres reunidas en alguna de las casonas de la calle Nueva, tomando té frío, enumerando mis rarezas o criticando ese empeño en vivir separados de los demás que, sin duda, me atribuyen solo a mí. Ahora esas habladurías han sido confirmadas por el escandaloso hecho de tener a uno de ellos viviendo en nuestra tierra. «Escondido», dirán ellas, y con razón.

A juzgar por el peso del sobre, el teniente ha sido generoso con la información que le pedí. «Solicito su ayuda. Stop. Tenga a bien enviarme información sobre el hombre de la chaqueta. Stop. Posible relación con fallecimiento de mi hijo en frente norte. Stop. Eternamente agradecida. Stop. Eva Holman.»

Me pregunto cuál de los cebos que le puse es el que ha picado, si el de mi hijo soldado, el misterio de cómo su chaqueta ha terminado en mis manos o, sencillamente, el rimbombante cierre de mi carta: señora del coronel Iosif Holman, del VI Regimiento de Fusileros de Su Majestad. En términos generales, el rango ejerce un efecto laxante entre los militares. Cuántos hombres aguerridos y de común autoritarios habré visto derretirse en presencia de un superior, particularmente ante Iosif, cuyo historial, bien lo sé, causa tanto terror entre sus enemigos como entre sus subordinados.

19

Desde que recibí la extensa carta del teniente Boom, no he podido pensar en otra cosa. Todo lo que hasta entonces me parecía arbitrario e inconexo en el hombre del huerto se va ordenando en mi mente. No permanece tumbado, con el pecho y la cara pegados al suelo, porque sí. Hay un sentido en esa pauta que le lleva a pasar el día bajo la sombra de la encina o entre los bancales. Tan solo sale de la finca para, supongo, hacer sus deposiciones, ya que no hay rastro de suciedad, aparte de la de su propio cuerpo y la de las ropas que lleva.

Por supuesto, nadie más que yo le busca algún sentido a su rutina. Iosif, por su parte, me hostiga con sus órdenes. «Mátalo —me ha dicho hoy—. Si yo pudiera sostener la escopeta le volaría la cabeza a ese hijo de perra apestoso.» Me he mostrado distante mientras he podido. «Te va a violar», ha dicho, y entonces he dejado caer sobre las tablas del porche el vaso de agua que le llevaba y he corrido a refugiarme en la parte de atrás de la casa, lejos de él.

20

Tardo en preguntarle. Media tarde buscando la forma de hacerlo. En condiciones normales, la mínima decencia me hubiera impedido abordar a alguien, un desconocido además, de manera tan directa. Y no es que no me haya dirigido a él ya de forma incluso agresiva. Lo que sucede es que ahora sé cosas de él que él no sabe que sé. Cosas tan atroces que incluso a él, disminuido, se diría que por completo ausente, le causarían daño.

Llevo una de las sillas del porche a la encina. La dejo a un paso de su cuerpo tendido y me siento. Esta vez necesito su espalda, no su cara rajada. Está tumbado de costado y utiliza ambas manos como almohada. Respira regularmente bajo las ramas del árbol, que, al igual que su chaqueta, parecen inflarse con la brisa de la tarde.

Le hablo del aserradero, de la creosota y del cercado de los prisioneros. Le hablo de abetos, hachas y de la casa de oficiales. Del campamento avanzado, de los barracones. Digo Boom y repito varias veces su nombre y su rango, pero no se mueve. Continúo durante horas. A veces le leo páginas completas de la carta del teniente. Quizá, pienso, si le recuerdo el modo en que se rajó la cara, consiga hacerle reaccionar, pero no estoy dispuesta a llegar hasta ese punto.

Entonces, con la noche ya avanzada, le hablo de la nieve. No porque quiera provocar alguna reacción en él. Es solo que llevo horas sentada a su espalda, leyendo, pensando en voz alta, mezclando mis ausencias con las suyas. Queriendo sentir que, por primera vez en muchos años, puede que en toda mi vida, alguien me escucha. Le digo que imagino lo sorprendente que debió de ser para él, un hombre capaz de pasar el día bajo el sol de Extremadura, ver caer los primeros copos. Y voy a hablarle de los inviernos al pie del Daubenhorn y de los esquís de madera pulida, cuando comienza a darse la vuelta.

21

En rigor no puede decirse que hablemos. Más bien él confirma o desmiente detalles de mi versión, la que he sido capaz de construir gracias al relato del teniente Boom y a sus escasas aportaciones.

Me da a entender que no sabe cuánto tiempo estuvo en el camión. «Podríamos calcularlo», le digo. Voy a la casa y regreso con un volumen de la enciclopedia. Le muestro un mapa desplegable de Europa. «¿Aquí? —le pregunto señalando con el dedo una zona del norte—. ¿Diría que es en esta parte?» Pero él no mira el dedo, ni el mapa, sino el libro. Todo el libro, como si fuera la primera vez que ve uno. Como si él fuera el único hombre, y ése, el único libro. Un niño.

Fue mi padre quien me regaló esta pluma cuando me casé. Nunca pude decirle que de su dote, más que los libros, las pinturas e incluso las propiedades, fue esta estilográfica el regalo más querido. Me ha puesto a salvo de Iosif y de mis demonios. Con ella he completado la abortada vida de Thomas. Con ella en mi mano escribo ahora que el camión se detiene definitivamente en mitad de un prado al que un río pedregoso parte en dos. Lo imagino en el fondo de un valle amplio, alrededor del cual se levantan suaves laderas boscosas que ondulan los contornos. Más allá de los bosques, muy lejos, la tierra termina punzante, elevándose en cumbres calizas y estériles. Columnas que sostienen el firmamento. Cúmulos blanquísimos progresan cadenciosos contra el cielo y sus sombras se arrastran sobre el valle manchando por igual los bosques, el pasto y las obras de los hombres.

Durante las últimas veinticuatro horas de viaje, el camión solo ha parado para repostar y para cambiar de conductores. Los soldados no han abierto la caja ni lanzado a su interior comida o agua, como si de repente hubieran recibido la orden de llegar cuanto antes a su destino.

Un teniente, al mando de media docena de hombres, recibe al transporte y, tras saludar a los conductores y a los escoltas, ordena que la caja sea abierta. Los soldados que manipulan los portones no oyen ningún ruido procedente del interior. Se diría que se disponen a inspeccionar un camión cargado con cuartos de vaca listos para ser revendidos en el mercado. Los soldados no se hacen con las fallebas, dobladas por los golpes, y tiene que ser uno de los escoltas el que, con un par de culatazos en los sitios apropiados, desbloquee el cierre. Cuando por fin se despliegan los batientes, una luz diamantina, como agua súbitamente desembalsada, penetra en la caja violentamente. Una luz de una naturaleza distinta a las que han ido lacerando las retinas de los prisioneros en los días previos. Acaso más transparente, más brillante, más pura.

El teniente y sus hombres ralentizan sus movimientos a medida que van descubriendo el interior. Algunos, horrorizados. Otros, los más curtidos, indolentes, y el teniente, sin más, contrariado. Pensando: «Esto no es lo que he pedido. Esto no es lo apropiado. No me sirve». El oficial se pinza los lagrimales y luego se lleva los dedos juntos a la boca.

Busca una salida para semejante desastre. Piensa en reprender a los soldados de la escolta, que lo miran a cierta distancia, con las espaldas encorvadas y las barbas sombreando sus mentones después de muchas horas de viaje ininterrumpido. Sus ojos están enturbiados, como flotando sobre bolsas de piel donde el cansancio se acumula. No hay ya horror en sus pupilas. Solo hastío.

Valora la posibilidad de mandar llamar al jefe de campo para que se haga cargo de la situación, para que dé fe del estado en que llegan aquellos hombres. Pero, suponiendo que a esas horas el jefe estará perdido por los bosques, oliendo florecillas, tomando apuntes, opta por resolver él mismo el problema.

22

«Trozos de carne.» Lo ha dicho claramente, bajo la sombra espesa de la encina. Ésas han sido sus palabras.

23

A la orden del teniente, que les grita a los cautivos y mueve los brazos indicando que salgan, solo responden la media docena de hombres que, mejor o peor, pueden moverse. Salen lentamente, sobreponiéndose al intenso entumecimiento, haciendo equilibrios sobre los caídos o arrastrándose sobre ellos. Y cuando nadie más reacciona a los gritos del mando, suben soldados y van punzándolos con sus bayonetas. Los pocos que dicen alguna cosa son sacados de allí y, tumbados sobre la hierba, se retuercen, grotescos como pompeyanos.

Desde el fondo de la caja, cubierto por brazos y torsos exánimes, Leva oye las voces del teniente. Con sus retinas heridas ve a los soldados subir. Sus siluetas reverberan sobre el resplandor exterior aunque, reducido por la sed y el agotamiento, no entiende quiénes son ni qué quieren. De haber sido capaz, habría dicho que aquellas figuras estroboscópicas eran ánimas del purgatorio, ese territorio intermedio y confuso en el que todo es posible.

Tampoco es capaz de entender lo que sucede cuando nota la punta de la bayoneta en el muslo. Simplemente gruñe e, inmediatamente, es sacado de allí a rastras y tumbado junto a los otros sobre una alfombra verde y mullida que percibe como un lugar luminoso y aireado. Su cuerpo solo, liberado inesperadamente del contacto con los otros, de los baches y las inercias. Un edén.

Allí se quedan, inofensivos y libres, hasta que alguien les lleva agua. Al sentir el líquido derramándose sobre su camisa, Leva recupera parte de su consciencia y se agarra al cacillo, apretándolo contra su boca, y lo levanta hasta que no queda una gota. Ve entonces la cara de quien lo sostiene: un rostro que le resulta completamente extraño y al que no agradece de ninguna manera el haberle dado de beber.

Comen de un cubo en el que los soldados han sumergido mendrugos de pan. Se empujan para poder meter la mano en el recipiente y cuando tienen su puñado, se apartan para comer, igual que gatos en una matanza.

Los prisioneros, una docena larga de desarrapados, están allí el suficiente tiempo como para poder observar el lugar al que han llegado. El prado, los abetos, el río sonoro y, frente a ellos, la carretera que los ha traído y que continúa, montada sobre un terraplén, hasta la otra orilla del río, donde se pierde entre los árboles. Por encima del terraplén asoman torretas con centinelas, alambradas y los tejados de un par de edificios: una casa grande y una construcción alargada de la que emerge una alta chimenea de ladrillo. El humo que brota de su boca es un chorro oscuro que, a medida que se eleva, se vuelve más lento hasta dispersarse en el aire cristalino.

También podrían haber aprovechado ese momento de calma para mirarse los unos a los otros, pero cada uno de los que allí están, sin excepción, sabe cómo ha terminado en la hierba y no en el camión, que sigue abierto y cargado a unos metros de ellos. Leva, igual que los otros, siente la vergüenza en las miradas huidizas de los demás y también esconde la suya en el fondo de su propio pecho. Ninguno de esos hombres sospecha que ese pudor, impropio en un decente, será irrelevante con el paso de las semanas y los meses. Si hay allí alguno destinado a sobrevivir, será transfigurándose.

Dejo la pluma sobre la mesa, ya cansada, y me asomo a la penumbra exterior. Todo está tranquilo afuera. Pienso en el lince que creí oír la primera noche o, mejor dicho, en el intruso, que fue lo primero que temí. Me viene a la memoria esa ensoñación confusa, esa especie de *golem* que son los temores. ¿Qué forma tenía en mí esa amenaza? ¿De qué manera imaginaba entonces a quien acechaba? Desde luego no se parecía al hombre escuálido cuya historia ahora me ocupa. Al margen del tamaño de su cuerpo o del color de su piel, lo verdaderamente aterrador para mí era la mirada que le suponía: ojos amarillentos y secos, como de marfil viejo. No muy diferentes, en cualquier caso, a los que he encontrado en el hombre que a esta hora duerme en mi huerto.

24

Iosif me arrastró hasta aquí, pero ahora soy yo la que permanece. Tras su retiro y posterior deterioro, bien podríamos haber regresado a la patria, a la vida de los salones. A los cristalinos barnices que realzan la nobleza de los muebles de palisandro. Al timbre poderoso y resonante de las violas de Cremona. A los centros de flores de granado, jazmines y espigas secas. A las fuentes de carnes bien trinchadas, a los ligeros postres, a los vinos madurados en las mejores barricas del continente. A la belleza y el refinamiento de las mentes más elevadas y sutiles. Pero aquí estamos, estoy, frente a ese hombre humillado. Frente a esa sombra inquietante cuya presencia he consentido.

Recuerdo el día en que embarqué con destino al puerto de Sevilla. Recuerdo la humedad de la brisa marina y su frescura y el olor a marisco. Recuerdo mi ensueño de aquel entonces. Partía, inflamada de amor, hacia las nuevas colonias españolas. A los territorios en los que mi prometido había servido con honor y valentía. Hacia un rincón del continente que resonaba en mí del mismo modo que Simla, Zanzíbar o Suez. La grandeza de nuestra cultura, pero bañada aquí por la resplandeciente luz del sur, atemperada con su clima benigno, tan alejado de nuestros duros inviernos. En este lugar, todo había sido dispuesto para albergarnos. Jóvenes, cultivadas, amantísimas hijas de la patria que corríamos a reunirnos con nuestros prometedores esposos. Este pueblo era el regalo, el premio a una juventud consumida en la batalla allí donde el Imperio lo había reclamado.

Nuestro buque atracó en el puerto de Cádiz y allí trasbordamos, guiadas por cadetes, a una goleta afilada y galante con la que remontamos el Guadalquivir hasta Sevilla. Recuerdo a Iosif de pie en el muelle de la Sal, esperándome. Llevaba dos años sin verle. Íbamos a casarnos en España. Íbamos a comenzar una vida dichosa en una tierra bendecida. Nuestro lugar en el mundo.

Jamás pensé entonces que tendría que vivir un momento como éste. Asistir a la voladura de mis propias certezas, que no eran muchas, pero sí firmes. Con la muerte de Thomas, también cayó Dios. De nada me sirvió en aquel momento, el más triste de mi vida. No vino en mi auxilio, ni me reconfortó. Sencillamente, no pude encontrarlo entre las fumarolas que sucedieron a la batalla. Y la patria, aquel sustento, con sus mitos y sus heroicos próceres. Pura morfina para separarnos de los otros, que también son hombres, cuyo sometimiento ahora me resquebraja. Me dejo caer cuando entiendo que solo el dolor nos hermana. El peso de mi conciencia, mi humanidad, me invitan a retorcerme junto a ellos sobre la fresca hierba. Y allí, como uno más, ver aproximarse por la carretera al hombre que los sacará de aquel lugar, el mismo teniente que un rato antes ha ordenado su salida del camión. A su llegada los soldados se cuadran y el oficial le dice algo al cabo. Inmediatamente, éste grita y los soldados rodean a los prisioneros y empiezan a azuzarlos con los cañones de sus fusiles para que se levanten y caminen hacia el terraplén.

Mientras suben, todo lo que había al otro lado, y que hasta ese momento únicamente habían podido intuir, se va revelando. En primer lugar, el largo edificio de la chimenea; de dos plantas y tejado a dos aguas, arcado en un extremo y con una gran puerta de madera en el flanco que da a la carretera por la que caminan. A su lado, una casona, y a su espalda, un cercado de alambre con torretas de troncos en las esquinas, dentro del cual se alinean barracones tan bajos que a Leva le parecen hundidos en el suelo. Varios prisioneros los observan desde el otro lado de la alambrada. Por detrás del cercado, el claro se extiende río arriba, y más allá, las primeras laderas taladas.

Siguen caminando en dirección al puente. El aire fresco ventila sus ropas podridas. Un aire cargado de olores herbosos que Leva empieza a apreciar ahora que sale del embotamiento que le han producido los largos días de viaje entre excrementos y cadáveres.

Hombres como reses, encerrados entre espinos y vigilados por soldados. Eso es lo que han vislumbrado al otro lado de los edificios.

25

Lo he visto en otros, quizá me suceda a mí también: que a medida que me acerque al final de la vida, dormiré cada vez más horas. Pasaré de las siete a las nueve, y luego a las catorce, y así hasta que mis ojos ya no vuelvan a abrirse. Entraré dormida en la muerte y despertaré en algún otro lugar, fresca, definitivamente descansada. Envuelta por una piel de nuevo tersa y luminosa. Thomas me recibirá sonriente, mitad niño, mitad joven. Todo él será luz y nobleza. No habrá miedo.

Ése es el relato deseado, pero no el único del que dispongo. Moriré sola, lejos de los demás, en la misma cama que todavía comparto con Iosif. Tardarán varios días en encontrarme. Mi hijo, angustiado, intentará apartar de mí los insectos, pero sus manos translúcidas no podrán hacerlo. Un Thomas iridiscente, incapaz de protegerme.

Sea como sea, ya no concibo morir sin antes haber atado los cabos que ahora la vida ha puesto en mis manos. Y no es el hombre del huerto, ni mi consentimiento contra natura, ni mi quietud, ni las preguntas y los reproches que intuyo en su postración. O no solo eso. Soy yo, que ahora, cuando ya no debía, comienzo a darme cuenta de que he vivido la vida de otra persona. Algo que, más que experimentar como una revelación, simplemente confirmo. El fluir de los acontecimientos ha sido violentado y a mí me corresponde reducir esa fractura. Continuar transitando hasta el final por un camino que ahora encuentro espurio es una posibilidad. La otra, la de hacer frente con franqueza a lo que me resta de vida, me aterra.

Siento que este desasosiego es, quizá, el mismo al que Iosif se refería paternalmente como «nervios». «Cosas de mujeres», me decía, y seguía con su periódico. Cosas de mujeres, me repito yo ahora. Me pregunto, más bien. Al principio yo misma lo asumía con naturalidad. Una sensibilidad que, sin previo aviso, nos quiebra y vuelve nuestra naturaleza incompatible con el orden. Una especie de enfermedad cuyos síntomas nos hacen repentinamente vulnerables. Locuras transitorias, encierros, aguas termales, sangrías, yodos, sahumerios. Luego, quizá a medida que Iosif fue mermando y que su voz ya no tronaba, fui rebelándome contra esa idea. No eran nervios sino exposición, y hasta entrega, a una dimensión de la realidad más profunda y dolorosa de la que haya conocido en ningún hombre. Ahora, al final, quizá tenga que darle la razón a Iosif y admitir que esta duda que me colapsa sea cosa de mujeres. Él, desde luego, habría echado al intruso a golpes el primer día. Puede, incluso, que le hubiera disparado y luego hubiera esperado a la patrulla tomándose un jerez. Iosif no habría llegado a tener mis dudas porque, como buen soldado, habría aplastado al enemigo mucho antes de que éste hubiera podido reunir al ejército de inocentes que ahora carga contra mí.

26

Agita un dedo delante de mi cara mientras me cuenta que uno de ellos estaba todavía vivo cuando los quemaron. Se lleva una mano a los ojos para tapárselos. Le tiembla.

Me da a entender que caminan por una senda detrás del camión, seguidos por los soldados de la escolta. Remontan el valle lentamente, como salmones prehistóricos, y a medida que lo hacen, el monte les va mostrando zonas taladas. «Calvas», ha dicho. El camión avanza con la caja abierta. El brazo de uno de los prisioneros pende lacio por la parte de atrás agitándose al ritmo azaroso de los baches.

Cuando abandonan el camino para internarse en el prado, todavía se ve la chimenea, hacia el sur. Humea sin descanso, interrumpiendo la continuidad del cielo. Los gruesos cinchos de hierro que contienen sus paredes son ahora finas líneas oscuras pautando la torre cuadrada.

El vehículo, en su marcha, va dejando dos franjas de hierba aplastada que los cautivos y sus vigilantes enfilan. Durante un buen rato avanzan así, formando dos columnas sobre el fondo del valle, que, obligado por el cauce, se va curvando hacia el este como una luna verde. Llegan a un punto en el que el prado se estrecha, invadido por un risco. Lo rodean y salen de nuevo a una cuenca amplia donde, por vez primera, oyen los golpes de las hachas allí donde el pasto termina y arrancan las pendientes. Hay brigadas trabajando a lo largo del frente de tala.

A diferencia del sargento, los prisioneros no expresan repulsa por el fuerte olor a descomposición que emana del camión, pues parte de aquella pestilencia les pertenece. El primer cuerpo que sacan es el de un hombre de pelo moreno. El mismo cuya mano han visto oscilar durante el viaje hasta aquel lugar. El cadáver apenas hace ruido al impactar contra el prado fragante, y el poco polvo que levanta es el que lleva en sus ropas. Los siguientes son dos muchachos y luego un hombre mayor. Lleva una boina encajada en el cráneo hasta casi taparle los ojos y un rosario plateado enrollado en una mano. Al caer sobre los jóvenes se desplaza hacia un lado y el brazo que sostiene la sarta de cuentas se estira en dirección a los soldados. Uno de ellos se acerca, aparta a los que trabajan y, tapándose boca y nariz con una mano, le quita el rosario. Retrocede hasta su posición y se lo muestra a sus compañeros, que lo examinan igual que niños curiosos.

Poco a poco se va formando un montón que termina alcanzando la altura de la caja y por el que, al final, los cadáveres resbalan de cualquier manera. De los confines de la planicie les sigue llegando el sonido de las hachas contra la madera. Nada entre los hombres y el cielo profundo. Si acaso, aromáticos cabellos boscosos que crecen sobre la capa fértil.

Con el camión a medio descargar les conceden unos minutos de pausa y cada uno se deja caer allí donde está. A Leva le toca junto al cuerpo de un hombre que debió de ser fuerte pero que ahora yace flaco y hundido a su lado. Tiene los dedos sarmentosos y de las orejas le brotan mechones de pelo quebradizo. El muerto mira al cielo con las pupilas veladas ya por la esclerótica gelatinosa. Leva no piensa en lo que hace. Simplemente alarga un brazo y le baja los párpados, que se deslizan sobre los globos. Los soldados fuman, separados de la montaña apestosa, interpuestos entre la brisa y la muerte. Los cautivos se encorvan, vencidos por el cansancio, algunos recostados en la hierba. Nadie ve cómo Leva le cierra los ojos a aquel desconocido, pero, de haber tenido que explicarlo, ninguno de aquellos soldados habría entendido la necesidad de reverenciar un momento así. De instruir, cuerpo a cuerpo, una liturgia capaz de abrirles a esos desgraciados las puertas de una muerte con más significado. Hombres y muchachos arrancados de sus casas y llevados hasta aquel lugar remoto. Fallecidos en la oscuridad de un camión abarrotado y dispuestos ahora bajo el cielo ausente para pudrirse entre desconocidos. Lejos de sus ancestros.

El cuerpo del niño es uno de los últimos en aparecer. Está al fondo, contra una esquina, minúsculo entre los hombres, envuelto en un gabán oscuro del que solo salen unos dedos pálidos. Podría haber pasado por basura, confundido entre las ropas tiradas y las menudencias con las que habían subido los cautivos. Lo saca de allí un hombre solo, trayéndolo en brazos hasta la boca de la caja. Lo desciende con cuidado y lo deposita sobre la hierba. Solo lleva puestos unos calzoncillos. Brazos de alambre y las rodillas como los nudos de una vid. Tiene arañazos y cortes por todo el cuerpo, la tripa hinchada, y le faltan trozos de carne en una pantorrilla.

27

¿Fue él quien colocó las tejas de la caseta de aperos que nosotros convertimos en cuadra? O peor, ¿fue su padre? ¿Quién de los dos mandó forjar las crucetas que hacen de rejas? ¿A cuántas generaciones hemos mancillado? Ahora, mientras veo oscurecerse su silueta contra el sol que declina, me pregunto por qué no he querido verlo. Veníamos a delinear un jardín, a plantar rosas, crisantemos y hasta orquídeas, aquí, donde solo había guijarros. A este breñal le faltaban nuestras fragancias. No había prados, ni los hay, terca tierra, pero nosotros reparamos su mala suerte, su ancestral barbarie, a base de frondosos setos, bien cortados, bien alineados, bien tupidos. Les trajimos nuestras espesas alfombras, tan mullidas que a su lado el esparto de sus felpudos parece escoria de fundición. Y qué decir de las marqueterías que ahora, en falsos techos, ocultan las bóvedas encaladas de las casas del pueblo.

28

Ven arder la pira a cierta distancia, sin saber que ese olor quedará para siempre tatuado en sus mentes. El fuego envolviendo crepitante la masa descoyuntada, caramelizando pieles y ropas hasta fundirlas. Leva aparta la mirada, pero en su mente ya solo flotan, como pavesas, las piernas mordidas del niño. Un niño que, de algún modo, es también hijo suyo.

La montaña sigue ardiendo cuando son obligados a limpiar la caja con cepillos de cerda y cubos de agua. Lo hacen de rodillas, muchos sorbiéndose los mocos, incapaces de acoger en sus mentes el tamaño de aquella crueldad, desbordados por ella, descompuestos. Es la fatiga la que les impide enloquecer, y también la crudeza con la que los acontecimientos se suceden.

Regresan al campo dejando tras de sí aquel montón de cisco ennegrecido y humeante. En la caja abierta del camión viajan los guardianes, algunos de pie y otros sentados con las piernas colgando. Detrás, en procesión, los prisioneros, medio andando, medio trotando, según el capricho del conductor, que, en cuanto el terreno se lo permite, da pequeños acelerones.

Cuando llegan al camino, todavía quedan un par de horas de luz. Por allí desfilan ya algunas brigadas que vuelven al cercado después del día de tala. Se incorporan a la columna y, hasta poco antes de llegar a su destino, van sumándose desde los costados más y más hombres salidos de las laderas cercanas.

29

Todavía es noche cerrada cuando un trajinar de cacharros me despierta. Iosif duerme de costado, dándome la espalda, con la respiración de un fuelle de fragua mal clavado.

Los ruidos vienen de la cocina. Cacerolas, tintineos y pasos arrastrados. Presto atención, aguzo el oído hasta que escucho su respiración oscura. Solo puede ser él. ¿Quién si no se atrevería a entrar en la casa en plena noche? Lo imagino buscando cuchillos por los cajones y siento que ha llegado el momento de pagar mi imprudencia. Seremos masacrados por ese criminal disfrazado de pordiosero. Vuelven los mitos coloniales, los que nos llevan contando desde que éramos niños.

Vamos a esos lugares remotos del planeta y allí nos establecemos, tanto da si en desiertos o junglas, como si siguiéramos en nuestras campiñas. Al principio embelesamos a los indígenas con oropeles y ellos nos traen yuca o café. Más tarde les pedimos que nos lleven de la mano a la roca donde consiguen ese metal con el que perforan sus lóbulos. Luego metemos allí máquinas, capataces con látigos y los indígenas ya no salen a acariciar nuestras pieles blancas. Entonces un valiente o un hechizado entra en una casa con detalles neogóticos, saca a rastras al cabeza de familia y lo desmiembra a machetazos. Todos nosotros hemos imaginado alguna vez a un negro mordiéndole las entrañas a nuestro padre. Junto al cuerpo destripado, se lleva a la boca una masa sanguinolenta y, mientras tira de ella con los dientes, con un filo grisáceo corta el pedazo muy cerca de los labios. Yo también, y ahora creo que ha llegado nuestro momento. El mito se ha encarnado en esta casa, conspira en nuestra propia cocina. Está seleccionando un cuchillo que no es el más afilado, ni el más grande, sino el más adecuado a la mano que nos ha de degollar.

Me incorporo, cautelosa, y apoyo mi espalda en el cabecero de la cama. Tomo la escopeta, que descansa entre el colchón y la mesilla. Está fría y la negrura de su cañón apenas se distingue en la oscuridad de la habitación. La empuño con fuerza, pero en realidad no soy yo quien lo hace. Yo no sé matar a un hombre, ni siquiera al salvaje que ahora viene a por nosotros para cobrarse su venganza. Y no es algo para lo que no pueda encontrar razones, pues, a fin de cuentas, yo también he vivido despreciando a este pueblo. Son miserables, sucios y mezquinos y no merecen ni el aire que respiran. Me siento en la cama con el arma en mis brazos y trato de anticiparme. Caminaré descalza, pisando en aquellas partes del suelo donde sé que la tarima está bien asentada y no cruje. Saldré al pasillo y allí decidiré qué hacer. Entretanto, a falta de valor, recreo el momento en el que lo veré aparecer por la puerta, cuchillo en mano, presto para la sangre. Y ahí, en ese caldero violento donde bullen los instintos, donde no son necesarias las palabras y, mucho menos, las razones, encontraré la fortaleza para apretar el gatillo y terminar por fin con él.

Silencio en la cocina. Tan solo Iosif y algún chasquido de la madera de la casa que el frío de la noche contrae. Salgo de la cama y, de pie, apunto a la puerta del cuarto. Camino arrastrando los calcetines por el suelo, evitando en lo posible la pisada delatora, y cuando ya estoy casi en la puerta, veo su figura emerger de la oscuridad y aproximarse. Cierro los ojos y disparo.

30

Aparejo a la yegua antes del amanecer y rápidamente me pongo en camino. Me gustaría que el animal fuera al ritmo al que late mi corazón, pero a esta hora sería inútil que le azuzara. Conoce bien la vereda, sus escalones profundos, las piedras sueltas, las ramas de los almendros y las higueras que la invaden.

En el castillo, un cabo de guardia me conduce hasta el dispensario, al otro lado del patio de armas. Golpea la puerta, primero con suavidad y luego con fuerza. Elevo la vista hacia la torre del homenaje, imponente y austera, que se levanta en un extremo del recinto. Las contraventanas están cerradas. Lo último que quiero es que el cónsul me vea por aquí a estas horas.

El doctor Sneint abre la puerta en ropa de dormir. Lo hemos despertado y tarda en reconocerme.

—Es muy temprano, señora Holman. ¿Es el coronel?

—Sí. Ha pasado una noche horrible.

Despide a mi acompañante y me indica que pase. Es un hombre corpulento, con el pelo blanco y en cuyo prominente mentón la barba siempre parece a punto de brotar.

—Deme unos minutos.

—Apresúrese, por favor.

Se detiene, me mira y con un gesto de su mano me recuerda que viste ropa de dormir. Asiento, azorada.

Mientras le oigo trastear en el cuarto contiguo, observo los estantes del dispensario. Anaqueles que he visto llenarse a lo largo de los años. Repaso los lomos: *Hermes Trismegisto, Teogonía, Cancionero de Uppsala, La guerra de Espartaco*. Allí los libros se mezclan con gran cantidad de objetos. Hay figuritas humanoides, algunas tachonadas con abalorios de colores. Una Venus sin brazos de terracota. Pequeños tótems, representaciones rituales e incluso el cráneo reducido de un ser humano. Menudean utensilios campestres del país: un gancho tallado con el que los arrieros ciñen la carga a la barriga de los mulos, recipientes fabricados con corcho, una especie de fanal y, sobre todo, huesos de animales. Minúsculas cabezas de mustélidos y roedores de delicadas arquitecturas y también el exótico y costoso hocico de un pez sierra.

Un brochazo de sangre arrastrada recorre el pasillo. Voy a la alcoba, donde el olor a orín es muy intenso. Iosif sigue en la cama. El doctor Sneint, que venía tras de mí, se ha quedado en la puerta tratando de entender las manchas de sangre. Le pido que aguarde ahí. No quiero que aspire el olor del cuarto. Entro en la habitación, abro las contraventanas y, a continuación, hago lo propio con la puerta de la cocina para crear una corriente. Al regresar al pasillo me encuentro con la mirada confundida del médico. «Ahora le explico. Sígame.»

En el huerto, con el hombre tendido ante él, hace una rápida valoración. Me pide que traiga tijeras, agua y gasas. Vuelo con una palangana que me tiembla en las manos y de la que el agua se vierte sin que yo sea capaz de contenerla. Por el camino reparo en que ni siquiera he comprobado que el hombre siga vivo. El agua que llevo bien podría servir para limpiar un cadáver.

El médico le corta el pantalón desde el bajo hasta la cintura, descubriendo una pierna de piel lechosa. Le limpia la sangre. «Ha tenido suerte —me dice—. Quien le ha disparado podría haberle matado, pero solo le han alcanzado algunos plomillos en un costado del muslo. —Me mira—. Por suerte no se trata de un buen tirador.» Agacho la cabeza.

31

He tenido que engañar al doctor Sneint para que viniera a auxiliar al hombre del huerto. Sé que hubiera acudido aunque le hubiera dicho la verdad porque, más allá de su juramento, es una buena persona. Pero allí, en el castillo, tan cerca del cónsul, no me he atrevido. Cualquier reacción extraña del doctor habría sido percibida por el cabo e, inmediatamente, la noticia de mi presencia allí habría llegado hasta el cónsul.

«Es una temeridad tener aquí a ese hombre», me dice una vez que ha concluido su trabajo. Y yo agacho la cabeza, avergonzada, y le pido que me acompañe al porche, donde le ofrezco asiento. Le sirvo vino, almendras crudas e higos secos, que mordisqueamos ensimismados, cada uno en su mundo, como jóvenes al inicio de un cortejo.

Hago lo posible por trasladarle un relato veraz, consciente de que lo que digo saber de él es, en parte, una ensoñación. Un territorio creado por mí y luego posado como una lámina de gelatina, dúctil pero deformante, sobre esta tierra que pisamos. Él me escucha dándole sorbos a su chato, escanciándose él mismo el vino desde hace tiempo, y para cuando termino, ya no quedan ni almendras ni higos en los cuencos.

Él los llama, directamente, «campos de trabajo». No explotaciones o estaciones, sino «campos de trabajo». Me cuenta que él estuvo destinado en uno de ellos, en la isla de Milos, durante sus primeros años de servicio. «De allí sacábamos caolín», me dice. Recuerda los caminos blanqueados por el mineral pulverizado. Toma uno de los cuencos vacíos, lo invierte y lee la inscripción en la base. «Mire —me muestra—. Fábrica Nacional de Porcelanas. Es muy probable que este cuenco haya sido fabricado con aquel mismo polvo.» Me habla de los cientos de hombres que vio morir por las aspiraciones del mineral triturado. «Todo allí era blanco: las plantas, las piedras y los pulmones de los hombres.»

Su relato coincide asombrosamente con lo que cuenta el teniente Boom en su carta. Miles de seres sojuzgados y transportados igual que animales de una punta a otra del continente. Hacinados entre alambres de espinos y vigilados desde torretas de maderos desbastados. Junto a una de ellas, antes de entrar por primera vez en el lugar en el que habrá de pasar años, Leva contempla la explanada en la que hay repartidos varios prisioneros. Ánimas indiferentes ante la entrada de aquella gran cantidad de hombres que llegan derrotados por el trabajo. Al otro lado arranca un pasillo que divide el recinto en dos y que da acceso a los barracones, distribuidos regularmente a ambos lados. Construcciones alargadas cuyos tejados se apoyan directamente en el suelo. Bajo el aguilón de cada una hay una portezuela por la que, tras bajar unos peldaños, se accede al interior.

Leva y su grupo entran de los primeros en aquel redil para hombres. Caminan unos metros sobre la explanada y, al llegar al centro, frente a aquellas construcciones astrosas, ralentizan la marcha, más indecisos que asustados, como si, de repente, el aire se hubiera transmutado en una sustancia más densa. Y en cierto modo es así. Lo que ven delante de ellos, esta vez, no se debe al descuido de unos soldados mal instruidos. Es algo que subvierte las categorías en un modo diferente al que lo hacen las montañas de cadáveres, las fosas o los castigos arbitrarios. No es solo el azar quien está forzando sus destinos. Hay una mente que ha delineado aquel lugar. Que ha dispuesto unas dimensiones y no otras. Que ha decidido que los barracones, todos iguales, estén provistos de una chimenea de obra en su centro y que estén semienterrados.

Es difícil entender un lugar así. Se quedan parados, sin saber a dónde ir. La mayoría de los que vienen por detrás los rodean y siguen su camino hacia los barracones. Pero algunos se detienen junto a ellos y los miran de arriba abajo. A dos les quitan los abrigos y ninguno se escapa de los cacheos en busca de tabaco u objetos de valor.

Duermen al raso, agrupados junto a uno de los barracones, quizá buscando protección mutua o, simplemente, unidos por el único vínculo que los conecta con los otros: el viaje en el camión al que han sobrevivido, el penoso trabajo posterior de descargar y ver arder a sus compañeros.

Los despiertan a golpe de campana cuando todavía no ha amanecido. Tienen la ropa húmeda y tiritan. Leva ha pasado la noche entre dolores y destellos inconscientes de lo vivido en los últimos días: el camión, las piernas del muchacho, la pira. En su duermevela se mezclan también los olores cerosos de los panales, el cuero de las guarniciones, el hollejo madurando, las tablas húmedas de las zarandas.

32

Le limpio las heridas con delicadeza, igual que haría con mi hijo. Regularmente levanto los apósitos, a menudo endurecidos por las supuraciones, y lavo con agua limpia cada una de las pequeñas llagas que los perdigones le han dejado en la pierna. «Esto ya está casi curado», le miento. Y él me mira pero no me ve. Al menos no hay reproche en su ausencia, ese estado en el que parece tan ajeno al dolor como a la ofensa. Por primera vez pienso que su enajenación no es más que el resultado del sufrimiento que ha padecido. Una especie de camino del espíritu para poder alcanzar la merecida ataraxia. Tanto da ya si recibe latigazos o disparos. Aceptado el sufrimiento como si su origen fuera espontáneo, parte del entorno. Pero no ha sido así, pues no hay en la naturaleza nada que sea *per se* humillante. Lo que este hombre carga sobre sus hombros le ha sido infligido por otros. Sin ir más lejos, fui yo la que se despertó en la noche y disparó con los ojos cerrados a alguien armado con una navaja con la que, posiblemente, solo pretendía abrir un melón. Sin embargo, él no me lo reprocha. Se deja cuidar, no rechista cuando, en las curas, me veo obligada a frotar sobre la sangre reseca. Y descubro compasión en el movimiento de mis dedos. En el modo en que sostengo su pierna y la recorro con las gasas, tratando de hacerle el menor daño posible, como haría una enfermera en el frente. La que, cuidando a uno, los cuida a todos.

Imagino a las mujeres de mi clase observándome. Ellas lo llamarían caridad y querrían ver en mí los brillos lechosos de *La Piedad*. El rostro humedecido, vertiendo lágrimas de mármol sobre el cuerpo del hijo recién desclavado. Pero no es caridad lo que siento. Acaso un intercambio en el que él me entrega su piel para que sea yo quien la repare. ¿Dónde está la mujer que un día albergó de verdad esos sentimientos? Qué lejos quedan los tiempos en los que todo mi afán se dirigía a encajar en la silueta que para mí habían dibujado. Debía ser amable, servicial, discreta, sociable. Debía ser una buena esposa, una buena madre y, fundamentalmente, una patriota. Entregar mi vida al solaz del esposo y a la formación de los hijos, para que éstos, a su vez, siguieran prolongando la cadena de esta forma de vida nuestra durante los siguientes mil años. Pero, como si fuera un cordero, ofrecimos a Thomas en un altar que todavía se levanta imponente. Yace mi hijo bajo una tierra lejana, con el cuerpo transformado en lo que le rodea y el plomo, tal cual le alcanzó, inalterado.

Suena el agua en el arroyo, un poco más allá, rompiéndose en la poza, y yo imagino a este hombre allí, pero de niño. Ha subido a traerle el almuerzo a su padre. Juega a fabricar una balsa con palos que une entre sí usando tiras de corteza de torvisco, como pronto hará, cuando, cerca del final, vuelva a encontrarse con ese mismo niño. Suelta su balsa en el agua y la dirige con una vara hacia la minúscula cascada donde la embarcación se revuelca. No sabe, bendito él, que un día saldrá de un cercado de espinos para tomar el camino de los bosques, el que conduce al interior de las montañas. Y lo hará remontando un río por el fondo todavía oscuro de un valle remoto. Un río desconocido para él y, al mismo tiempo, una multiplicación del pequeño torrente que alimenta la huerta de su padre; aquí un arroyo en el que botar balsas de palitos y allí un caudal capaz de vaciar montes enteros. Y a medida que lo remontan y que la luz se va haciendo cargo de la cuenca, los grupos van abandonando la vereda para retomar sus tajos donde los han dejado la jornada anterior. El grupo de Leva, junto con otros, sale de la vereda por el mismo lugar por el que lo hizo el camión el día anterior. A la altura de la pira ya solo avanzan por el prado tres cuadrillas. La mayoría de los hombres observan los restos con curiosidad, más por novedosos que por atroces. Leva prefiere seguir atento a los talones del que le precede, pero no puede evitar respirar la atmósfera extraña que resiste en ese lugar.

Durante mucho tiempo caminan entre tocones, al principio medio ocultos entre la maleza y luego, a medida que se acercan a los tajos, cada vez más frescos y dolientes. Toscas puntas que emergen de la tierra como lápices mal afilados. Hacia el final del prado, abundan los restos de los desrames. Alrededor de las talas recientes se amontonan astillas pálidas. Hay una rapaz suspendida sobre las copas de los árboles hacia los que se dirigen. Arquea sus alas abrazando los brotes más altos y tiernos, allí donde el sol se muestra menos cicatero.

Se detienen en el lugar en que el prado acaba y comienza la densa masa forestal. Leva alza la vista y quizá se siente maravillado por aquellos colosos nunca vistos. Altos troncos, rectísimos, tan próximos entre sí que sus ramas, escamas flotantes, se confunden las unas con las otras. A ras de suelo, la luz que ilumina la franja próxima al claro va desapareciendo bosque adentro hasta llegar a un punto, no demasiado lejos, en el que la negrura es casi total. Allí los troncos, como en un juego de espejos, parecen multiplicarse hacia el interior, para terminar disolviéndose en la penumbra.

33

Cada dos o tres semanas llegan camiones con nuevos prisioneros. Entran en el cercado, entumecidos por el viaje y aturdidos por la visión de lo que los aguarda, y allí, en la misma puerta, tienen que aceptar el intercambio forzoso en el que entregan sus pellizas de piel o sus gorros de astracán a cambio de capotes raídos o ligeros *talits*. Se incorporan a una vida en la que el descanso no existe porque es preciso estar en constante alerta. Frío, calor, humedad, chinches, miedo al robo o a los tocamientos. Violencia en todos los rincones del campo, en los barracones o durante la comida. Solo el trabajo, si es desempeñado hasta la extenuación, está libre de golpes. Cada hombre en lo suyo, consumiéndose en soledad, descansando de los otros, de los soldados, de los capataces, del mando. Expuestos al frío helador en invierno y a los mosquitos en verano. Y, permanentemente, el hambre nunca bien saciada. El día no es más que un equilibrio delicado entre la débil energía que proporciona el bodrio y el trabajo salvador. Es preciso, además, reservar suficiente fuerza para repeler a los otros, para luchar por la comida, para proteger las botas y para no morir congelado.

Echado sobre las tablas, junto a los cuerpos de decenas de hombres consumidos, Leva aspira el aire infecto del barracón. Toses vibrantes y el bullir de los esputos que se forman y luego se expulsan. A pesar de que las noches son frías no se abriga con la manta que le ha sido entregada. Igual que el resto, se acuesta vestido, con las botas atadas junto a la cabeza, adormecido por el tibio calor de los cuerpos que le rodean y asediado por las garrapatas. Su cabeza es un sumidero que engulle las impresiones recientes de sus nuevos días y la visión, para él ya milenaria, de su hija y de su mujer. Después, los ojos del capataz, el aroma herboso del claro, el engrudo, el camión, la Corredera, los músculos vaciados por el trabajo y la tensión. El sueño es un imperativo necesario pero frágil. Volver a despertar en algún momento, siempre con la sensación de no haber descansado. Como quien quiere bañarse en el mar y el agua solo le llega a los tobillos. Tumbarse y notar el fango. Nunca la limpieza, ni la claridad, ni el frescor que se espera del agua. Mojarse, eso sí, pero no sentirse nunca envuelto por esa otra sustancia que purifica la piel y la presiona. No deslizarse en su transparencia, no flotar, no caracolear ni subvertir la gravedad. No jugar, no alejarse de la orilla, no sentir la misteriosa profundidad de quien se adentra. El sueño como combustible para la consciencia. Para poder volver a transitar por el infierno, aunque sea trastabillándose. El infierno es estar despierto y el verdadero descanso, en esas condiciones, solo lo puede procurar la muerte. Tener los ojos abiertos ya no significa dolor, porque el dolor, a diferencia de lo que pudiera parecer, no es más que el dintel de la puerta. Las estancias del nuevo lugar que ocupa, el horror, no se corresponden con formas conocidas. Estar despierto significa no ser capaz de interpretar lo que sucede a su alrededor.

34

Últimamente la patrulla me visita con cierta regularidad. Antes de que mandara al jardinero a su casa, pasaban por el camino cada dos o tres días, incluso una sola vez a la semana. Desde que España fue definitivamente pacificada, se podría decir que éste es un lugar seguro. Exceptuando el robo de algún animal, no se tiene noticia de actos de mayor violencia. Se diría que, más que soldados, los hombres que se encargan de vigilar los alrededores del pueblo son un grupo de amigos aficionados a los paseos campestres. Generalmente, por el camino de la finca siempre patrullan los mismos hombres: un cabo acompañado de un soldado raso. Lo normal es que, al llegar a la cancela, el cabo me haga una señal o dé una voz para alertarme. Yo salgo de la casa o me levanto entre los rosales y me acerco a la puerta para charlar con ellos. En alguna ocasión les he ofrecido vino o limonada. Otras, si al pasar ven que la finca está tranquila, ni siquiera se detienen. Siguen camino arriba, hasta desaparecer por el collado en dirección a la mina.

Sin embargo, desde que el hombre llegó, las visitas son periódicas. Cada día o, a lo sumo, cada dos días. Aparecen a cualquier hora, por la mañana o por la tarde, y hacen todo lo posible por llamar mi atención. Salgo a recibirlos. Las preguntas del cabo, después de las trivialidades sobre el tiempo o las plantas, están siempre dirigidas, de un modo u otro, a saber si he visto algo extraño por los alrededores. Mientras hablo con el cabo, el soldado recorre el murete tratando de encontrar indicios de la presencia del hombre.

He intentado que pasara su convalecencia dentro de la casa. Le he hecho saber que es más sencillo para mí lavarle y cambiarle las gasas si está tumbado en un lugar limpio. Por supuesto, se ha negado. No quiere volver a caminar sobre las tablas del pasillo, ni ver la cocina, ni respirar esa mezcla de naftalina y papel viejo del interior de la vivienda. Es comprensible.

Uno de esos días, cuando la patrulla se marcha, bajo al huerto. Imagino las tomateras enmarañadas. Los brotes, que llevan semanas sin ser arrancados, habrán prosperado, y donde debería haber uno o dos tallos principales habrá a estas alturas decenas de ramales revueltos. Supongo que el peso de los tomates sin cosechar habrá roto muchas ramas y que ahora los frutos se estarán pudriendo sobre la tierra. Cuando llego, sin embargo, encuentro las matas ordenadas, y los pasillos, limpios. Lo único que se parece a mi previsión es el lugar que ocupan los frutos. Los ha colocado en el suelo, formando hileras debajo de las plantas. Los calabacines y los pepinos parecen sanos, pero muchos de los tomates, berenjenas y pimientos están arrugados, cuando no podridos. Los mosquitos entran y salen de ellos entre espumas blanquecinas.

Me arrodillo junto a él. Le digo que ha vuelto a venir la patrulla. Que quizá el jardinero o el cartero le han descubierto en alguna de sus visitas y han dado parte y que ahora solo yo me interpongo entre él y la cárcel. Como lo que le digo no le asusta, le hago saber que también yo puedo terminar en prisión si lo encuentran. «Cuénteme cosas de la nieve», me dice.

Una mañana de noviembre, mientras arrastras ramas, ves caer los primeros copos de nieve. La quietud que has notado cuando, de madrugada, saliste del cercado, cobra sentido ante ti. Una quietud que no habías sabido interpretar por formar parte de un lenguaje desconocido hasta entonces. El claro está cubierto por un cielo blanco que hace que el muro boscoso que lo cerca parezca todavía más oscuro. Pronto, los copos van llenando el aire hasta posarse y cuajar sobre el suelo volteado y, a medida que el día avanza, se van amortiguando los sonidos que habitualmente os llegan desde las brigadas vecinas. Los cristales se funden sobre las palmas sucias de tus manos y tú las miras mientras tu cuadrilla continúa su trabajo, ajena al espectáculo. Su piel está endurecida, atravesada por grietas que la mugre oscurece, y lo curioso es que no se diferencian mucho de las manos con las que has levantado muros y cañas, con las que has pelado almendras y apretado cinchas. Tus manos no son inflorescencias sino barrizales.

Sigue en la misma posición en la que estaba cuando me pidió que le hablara. Sé que me escucha aunque parezca más pendiente de las moscas que vuelan a nuestro alrededor, pesadas, zumbando ahítas sobre las hileras de berenjenas burbujeantes. Continúa tirado, manchado ya de polvo el pantalón de Iosif que le entregué después de que el doctor Sneint rasgara el suyo.

Los soldados, con los cuellos subidos, maldicen y patean el suelo para calentarse. Saben, sin embargo, que, con la llegada de la nieve, su trabajo termina. Serán enviados a otros puestos, pues no tiene sentido que el Imperio destine hombres al cuidado de lo que puede cuidar el frío. Todos saben que no es posible atravesar el bosque en pleno invierno. Los cuerpos de quienes lo han intentado han sido encontrados, frecuentemente, no lejos del campamento. A veces, petrificados contra el tronco de un abeto. Otras, en primavera o verano, una vez descongelados, mordidos por las alimañas.

El frío acentúa el aislamiento. Confina a los hombres dentro de sus propios límites. Trabajan porque son esclavos, y en invierno, además, para no morir congelados. Salen a talar cada amanecer, sin que importe el frío o la nieve, y únicamente se quedan en los barracones cuando las tormentas duran varios días. Entonces aprovechan para tenderse sobre las tablas, conservar el calor y no malgastar energía. A veces, dos o más hombres se esconden bajo las mantas y hacen rozar sus cuerpos entre sí.

En el bosque el trabajo se complica. La madera parece más densa y los hachazos hacen vibrar los huesos de los hombres más de lo habitual. Los desrames son más complicados porque, a menudo, las tajamatas resbalan sobre las cortezas heladas antes de enganchar la madera.

Dado que la tala en pleno invierno es menos productiva, algunos de los que desraman son asignados a cuadrillas de transporte. Su trabajo consiste en arrastrar los troncos pelados hasta la orilla del río. La primera vez que ve los caballos de tiro queda sorprendido por su extraordinario porte: cabezas grandes, cuellos poderosos. Sobre los cascos, penachos de pelo que cuelgan hasta el barro. Van uncidos de dos en dos a un aparejo en el que se enganchan los troncos que han de ser transportados.

Llega un momento en el que la temperatura baja tanto como para congelar el impetuoso caudal del río. Primero se van formando en los remansos escamas de hielo que, con el paso de los días, se transforman en placas que van conquistando la corriente desde las orillas hasta el centro y que luego se engrosan hacia el fondo.

Para entonces Leva ya ha conseguido un abrigo grueso, con el cuello de piel de marta. Se lo cambió a un hombre más grande y desconcertado que él por el abrigo raído que, a su vez, le había quitado a uno de los que murieron con la llegada de los primeros fríos. Pero ni ese cuello alto, en el que el viento congela el vaho de su boca, sirve para abrigarle. El calor que necesita solo lo puede conseguir trabajando y, sobre todo, tratando de estar siempre seco, cosa que no es fácil.

Así, durante semanas, van disponiendo los troncos junto al cauce. A veces, cuando hay suficiente terreno, los alinean sobre el prado blanco y otras, cuando la zona es angosta, tienen que apilarlos con la ayuda de los animales, y entonces el trabajo se vuelve peligroso porque los largos cilindros de madera, congelados, resbalan y terminan rodando sobre los hombres que los manipulan.

35

En su cuadrilla hay tres hombres mayores que cada jornada se afanan por seguir el ritmo de los demás. Cuando, al amanecer, el grupo se dirige hacia el frente, son ellos los que ocupan los últimos puestos. Cada cierto tiempo se descuelga alguno, superado por el ritmo apresurado de los demás, y entonces tiene que trotar para alcanzarlos. Corren sin apenas levantar los pies del suelo. A menudo se tropiezan con las piedras o se traban con los restos de ramas taladas y caen torpemente al pasto o a la nieve. Sus días, mucho más que los de los otros, están contados. Tienen que emplearse a fondo para no quedarse rezagados durante la marcha y también para agacharse a recoger ramas o para no quedarse sin comida. Sus gestos son esforzados. En los brazos de los jóvenes, incluso bajo esas condiciones de trabajo y debilidad, hay cierta armonía de movimiento. Se inclinan, cargan madera, levantan las hachas por encima de sus cabezas y las lanzan contra los troncos con la economía que las circunstancias y el oficio imponen. No hay excesos ni derroches innecesarios, ya que es preciso cumplir con la tarea y todavía reservar fuerzas para regresar hasta el campo, pelear por el rancho antes de que se enfríe y dormir con las pertenencias a buen recaudo.

En los mayores, sin embargo, hay una torpeza inherente. La propia de la edad pero también la de saberse observados por los soldados y por la misma muerte. Quizá, si en esos momentos estuvieran acostados en sus casas de Varsovia o de Viena, aguardando entre sus hijos y nietos el último aliento, se dejarían llevar. Acompasarían su respiración y sus movimientos a una partitura más cadenciosa. Asomarían sus manos lívidas por el embozo y con un solo gesto, una nuera o una hija solícitas les acercarían un vaso de agua a los labios agrietados. Sin embargo, allí, entre la nieve y los soldados, han de sobreponerse y simular una fortaleza que hace tiempo que los ha abandonado. Una pantomima, en verdad, que a nadie engaña. Por qué han terminado en ese lugar remoto y severo es algo incomprensible. Si todos los que están allí han sido apresados del mismo modo. Si en cada pueblo ha habido masacres, arbitrariedad y violencia. Si ese ejército es capaz de comportarse así, ¿qué le ha impedido seleccionar debidamente a los más fuertes para exprimirlos en ese bosque húmedo en lugar de desplazar a ancianos que llegan al borde de la muerte? Puede que lo que quieran de ellos no sea fuerza de trabajo sino, simplemente, someterlos a una humillación ejemplar. Quizá son prebostes en sus comunidades y en el momento de la invasión no han puesto el cuello, como los demás, sino que han elevado sus voces. O tal vez son hombres instruidos, médicos, traductores, conocedores de la tradición. Su delito ha sido su saber, porque el conocimiento enerva a los poderosos. Todo lo que no tiemble ante el acero afilado de una espada ha de ser aniquilado.

Un día, uno de los ancianos se detiene al borde del camino para recuperar el aliento. Solo se abriga con una chaqueta a la que ha levantado el cuello. Flexiona su cuerpo y apoya las manos en las rodillas. El soldado que cierra el grupo le grita para que avance, pero él continúa inclinado, tratando de reponerse. Tose, como en los días previos, y cada bocanada de aire helado le seca la garganta, haciendo que tosa aún más. Fastidiado, el soldado retrocede hasta el viejo y lo toma del brazo. El hombre, agitando una mano, le pide unos segundos más. El otro empieza a achucharle con la culata, sin golpearle todavía, pero el anciano parece que ya no es capaz de recobrar la postura erguida, teniendo como tiene los riñones medio descubiertos por la inclinación del cuerpo. La cuadrilla ha seguido su camino y allí, en el aire transparente, solo quedan ellos dos.

El soldado se incorpora al grupo casi en el lugar en el que yacen los árboles talados el día anterior. Viene solo, medio trotando, y, al llegar, dice algo a sus compañeros. Leva y los otros retoman los desrames haciendo saltar astillas, impregnando el aire próximo con los olores de la resina y de la madera. Sus chaquetas no tardan en empezar a humear por la transpiración como si fueran figuras a punto de arder.

36

Recuerdo nuestros inviernos en Leukerbad, al pie de la gran montaña. Mi padre solía bromear diciendo que si aquel aire era bueno para las *Ramswürscht* sería bueno para nosotros. En el comedor del balneario, a la hora de cenar, siempre había montañeros llegados hasta allí para escalar el Daubenhorn. Al regresar de sus jornadas, solían dejar las mochilas y los piolets bajo las perchas de la entrada y cruzaban la sala con sus bombachos y sus jerséis de lana. Hubiera dado cualquier cosa por que mi madre me hubiese permitido acercarme a aquellos hombres. Quería saber de dónde procedía el repiqueteo metálico de sus botas cuando caminaban sobre el mármol del gran comedor en dirección a las mesas.

Pienso en el viejo de la cuadrilla, incapaz de continuar. Solos él y su joven vigilante, atrapados los dos en aquel paraje blanco. El muchacho se impacienta. También veo ahora a ambos, soldado y anciano, en una de las mesas del comedor. En las lámparas que cuelgan del techo brillan miles de cristales tallados. A ellos no los intriga el misterio de las suelas claveteadas. Comen y, de vez en cuando, se dicen algo. En un momento, el anciano se excusa y, tras limpiarse las comisuras con una servilleta blanca, se levanta y se ausenta. No volverá a la mesa, ni al bosque, ni al amor de los suyos, ni a tomar vino al atardecer frente a su torcida casa del Herengracht.

Dos días tardan en reponerle. El sustituto es un hombre vigoroso. Sorprende su prestancia y su frescura, como si sus huesos no hubieran sido batidos en un larguísimo viaje en camión o como si al amanecer, en un salón de paredes decoradas, hubiera comido hasta saciarse. Se cubre solamente con una chaqueta de batista bajo la cual varias camisas multiplican su corpulencia. Hay un tono especialmente chispeante en sus movimientos y no tiene en la espalda la curvatura que los demás ya presentan.

Al principio, el nuevo, como si aquello no fuera con él, trabaja con brío. El cuerpo y la mente, rodeados por fuerzas superiores e implacables, se entregan o se defienden. Aquel hombre se opone a los soldados, o a la fatalidad de su destino, con la postura erguida de su cuerpo. Y esa actitud no es fruto de la rebeldía o del orgullo, sino de su naturaleza.

Pero con el paso de las semanas, bajo el rigor inclemente del invierno, también su figura se quiebra. No hay constitución capaz de soportar la falta de alimento y el transcurrir de los días, siempre iguales, saliendo cada amanecer, abriendo huella cada mañana en la nieve caída por la noche. Se adentran en la oscuridad equinoccial, alejándose del sol y de su ridículo calor. Y los otros ven cómo también a él se le hunde la piel por debajo de los pómulos, absorbida hacia los dientes, y cómo el silencio se hace cargo de él y lo empuja, lo mismo que a los demás, hacia la irreductibilidad de los huesos. Juntos todos ellos, pero solos, caminan bajo el cielo gris hasta llegar a la parte del bosque que les ha sido asignada para empujarlo más y más lejos. Lo hacen retroceder hacia las laderas y, una vez allí, lo acechan y persiguen por torrenteras y escarpaduras hasta alcanzar, algún día, las rocas estériles en las que el mundo termina.

Ahora me descubro preocupada. Ese ruido de fondo que solo producía Iosif con su dependencia y su constante censura ha sido sustituido por este otro hombre, más obstinado y hermético si cabe que mi marido. Un desconocido que gatea por el filo de una navaja con la despreocupación de un niño o de un loco.

Estas noches en las que he pasado tantas horas junto a él, escuchando de vez en cuando sus frases inconexas, viendo temblar su labio inferior y cómo su mirada se queda prendida en algún lugar indefinido entre la casa y el pueblo, han terminado por rendirme. Estoy preocupada por él y tengo razones para ello. Más que razones. Lo que en un principio tan solo fue la llamada de un misterio, esa tendencia mía a la rebeldía o a la heterodoxia que tantos problemas me ha causado en la vida, se ha transformado en algo parecido a un deber. Si no le denuncié nada más verle fue por la fascinación de su presencia. Si no lo hago ahora es porque hay algo que nos une y debo tratar de averiguar qué es antes de que los soldados entren y se lo lleven, como se llevaría un basurero los desechos de una cocina.

37

Me he quedado cerca de él hasta mucho tiempo después de que pronunciara su última palabra y luego, obligada por los gritos de Iosif, he regresado a la casa para servirle la cena. En el porche me he girado y lo he visto subir desde el huerto y agacharse sobre la escollera. Palpaba las piedras como valorando la calidad de la obra y yo me he preguntado si habrán sido sus manos las que han levantado también ese muro.

Cuando entro al dormitorio, encuentro a Iosif en el suelo. Me insulta por no acudir antes a sus llamadas y luego me felicita por haber disparado al intruso. «Esos hijos de puta», dice sin terminar la frase. Siento asco y pena, y en lugar de tenderlo sobre la cama, como habría hecho en otro momento, lo dejo en el suelo. Lleva las botas puestas, con ellas debería caminar hacia la muerte, cosa que ansío que suceda esta misma noche.

38

Sentada frente al hombre, me dispongo a leer en voz alta lo que he escrito durante las últimas noches y no sé si busco asentimiento o, simplemente, la lejanía de Iosif. La escritura es limpia; no hay enmiendas ni borrones. Extiendo las páginas, trago saliva, y voy a comenzar, pero mis labios no se mueven, no articulan mi voz. Bajo los papeles y lo miro. Sé que me oye, pero no sé si me escucha. En el caso de que entienda bien lo que le cuento, ¿qué pensará de mí un hombre como él? Con mis papeles frente a mí, siento ahora más que nunca que estas hojas que pretendían ser un puente también nos separan. Que mis palabras no se clavan ni producen heridas. La inconsistente sombra en la caverna contra la carne viva de los que gesticulan al otro lado del fuego. ¿Qué siente él cuando afirmo que al principio lleva la cuenta de los días de su nueva existencia? Es sencillo, continúo. Cinco, seis, nueve. Cada una de sus jornadas está tan cargada de novedades que no necesita dibujar rayas en una pared y luego tacharlas. Bajó de un camión cargado de cadáveres, tras un viaje interminable, y una luz purísima le cegó. Ése fue su primer día. El segundo, el de la hoguera de cuerpos. El siguiente, el de la primera visión del bosque, cuyo aliento húmedo y oscuro dejó en él una impresión de cementerio viejo.

Luego los días se fueron sucediendo unos detrás de otros, fusionándose entre sí como gasas húmedas hasta hacerse indistinguibles. Y eso a pesar de que, en adelante, ya no habría para Leva una sola jornada apacible o inocua. No conocería más la tranquilidad ni el descanso. Tampoco la saciedad, ni tan siquiera la posibilidad de abrigar su cuerpo cuando le fuera necesario.

Ahora mide su cautiverio viendo pasar las estaciones, del mismo modo que había pautado su vida cuando era libre. La diferencia es que en ese lugar no tiene que estar atento a las siembras, las lunas y las maduraciones. Allí, simplemente, tiene que protegerse. Sabe que hay un Rubicón en cada equinoccio. Superarlo significa haber sobrevivido un invierno más y también disponerse a descender una pendiente en la que la vida, durante unos meses, no será absolutamente insoportable. El buen tiempo significa, por ejemplo, no tener que prestar una atención constante al calzado: hacer que esté siempre seco, tratar de cerrar lo mejor posible los agujeros o las suelas descolgadas, reparar los cordones cuando se rompen.

Ha aprendido que cuando llega el frío todos miran a los pies de los demás. Antes de morir, los cautivos se tambalean. Tropiezan por la debilidad o se desorientan cuando, en medio del trabajo, se apartan para orinar entre los árboles. Las caídas en el camino, en el cercado o en el tajo anuncian un legado. Si el moribundo ha sido hecho preso junto a un familiar, entonces éste tendrá preferencia a la hora de quedarse con sus botas o con su pelliza. Podrá sustituir las suyas o, si lo necesita, comerciar con ellas para conseguir tabaco o comida. Vigilará, de hecho, para que al moribundo no le sean robadas en vida, en esos últimos días en tierra de nadie, cuando los demás ven el color de la muerte posarse en la piel del elegido.

Hay quienes calzan durante semanas zapatos que les quedan pequeños. Caminan con los puentes arqueados y los dedos contraídos como muchachas subidas a sus primeros tacones. Sus movimientos son grotescos y siempre hay alguien dispuesto a lanzar un piropo. Cualquier cosa es preferible a ver ennegrecer las puntas de los dedos y las uñas amarillear y desprenderse porque, una vez que los tejidos se malogran, ya no hay otra cosa que un dolor continuo que hace imposibles los movimientos y el trabajo. Todos saben que un dedo congelado en un pie es un atajo hacia la muerte. En esa antesala, algunos creen ver una atmósfera negra en torno al cuerpo o se guían por los olores que emana un ser que está a punto de caer. Los sentidos se afinan y se adecúan. Se disponen en una nueva dirección. Quien supo distinguir en el verdor de unas aceitunas el momento preciso para su cosecha o el que, pulsando las teclas de un piano, fue capaz de percibir la sutilísima distensión en una cuerda puede ahora, con solo un vistazo, calcular los días que le restan a un cautivo.

Me interrumpe para preguntarme por Iosif. Lo hace señalando al porche y diciendo «el hombre». Le hablo de él y, cuando termino, me doy cuenta del odio que siento, de la bilis que me envenena, y me digo, una vez más, que tengo que alejarme definitivamente de mi esposo.

39

Cada día de tala son metros que el bosque retrocede, por lo que a diario han de destinar cada vez más tiempo a llegar hasta él. Son tantas las jornadas repetidas y tan insignificantes las diferencias entre ellas, que nadie parece haber reparado en ese detalle. Ni los soldados ni sus mandos parecen haberse dado cuenta de ello, guiados por una lógica según la cual, cuanta más madera sea extraída en el menor tiempo, más posibilidades tendrán de ascender por las tripas del Imperio.

El jefe del campo sueña con la metrópoli. Su mandato al frente de la explotación dura dos años. En ese tiempo se ha propuesto suministrar a la Compañía Imperial de Ferrocarriles no menos de dos mil traviesas por día. No importa si para ello han de morir centenares de hombres. Él, que pasea entre ellos como un príncipe. Quizá, sueña en su despacho, el ministro le llame algún día a su lado. Podrá reunirse con su familia y disfrutar por fin de un bien merecido puesto en la capital. Viajará por toda Europa en un vagón restaurante: de Nápoles hasta Tallin, desde la resplandeciente Cádiz hasta Moscú. Crujirán las maderas nobles de las paredes por el monótono traqueteo del convoy que se deslizará sobre raíles asentados en sus traviesas. Gracias a él, algún día todo el Imperio estará comunicado por un sistema ferroviario moderno y veloz. Y eso, en su opinión, es algo que tarde o temprano habrá de serle reconocido.

Los soldados, por su parte, maldicen el día en que fueron destinados a un campo de trabajo. Cumplidos los diecisiete años, el alistamiento es obligatorio. Saben, sin embargo, que los hijos de las élites militares y políticas o se libran o encuentran siempre algún destino cómodo en sus mismas ciudades, de modo que puedan seguir estudiando en sus universidades y disfrutando de las quintas familiares durante las vacaciones. En verano se lanzan a los lagos de montaña desde pantalanes de teca. Pescan, reman, cortejan en bailes. Se preparan para la política, la alta administración pública, la diplomacia o la empresa, y ese gozo estival es parte de su formación, dado que las grandes decisiones a las que están destinados se toman en lugares más parecidos a un balneario que a un campo de batalla. El casino de Estoril, el hotel Mandarín de Múnich, la Ópera de Viena o el Turf Club de Londres serán sus lugares de trabajo. Cuanto antes logren manejarse con soltura en ellos, antes podrán ejercer la misión para la que han nacido.

Hay cientos de posibles destinos para un joven en edad militar, y un campo de trabajo en el helado norte solo es superado en penuria por las unidades que defienden las estaciones comerciales y mineras del interior de África. Allí, cuentan los que regresan, las fiebres, que cada tanto asolan regiones enteras, postran a los hombres dejándolos a merced de la voluble quinina y de las oraciones de las monjas. A todos los soldados les han contado relatos terribles de aquellas tierras. De cómo hay árboles que estrangulan animales, de junglas tan tupidas que siempre parece que es de noche. Se habla de locuras que sobrevienen inadvertidamente, de desaparecidos y, lo que es peor, de razias de negros de piel brillante que asaltan las estaciones en plena noche y descuartizan a los blancos y se comen allí mismo sus entrañas. Los barcos remontan cursos de aguas espesas y cadenciosas. Navegan hacia el interior del continente, directos al estómago de la bestia, donde los jugos gástricos de todo un continente descomponen cuanto llega desde la costa.

Ni siquiera el frente es peor que los campos. Disparar desde una trinchera o acantonarse en los alrededores de una ciudad a la espera de que los obuses la arrasen no puede ser peor. Al contrario, las noticias que les llegan de los avances de sus tropas son siempre alentadoras. Los partes que les son leídos durante las cenas o los noticiarios que preceden a las proyecciones cinematográficas dominicales hablan de países enteros que caen igual que castillos de juguete. Siempre aparecen soldados sonriendo, con los brazos sobre los hombros de compañeros. Muestran a la cámara los más diversos trofeos. La felicidad del saqueo impune. Lo mismo enseñan petacas de plata que hogazas de pan blanco, puros o muñecas de porcelana. Les dicen a los camaradas que sirven en peores destinos que todo marcha bien y que siempre habrá para ellos una floreciente ciudad portuaria. En ellas abundan las mansiones en las que estirpes centenarias de mercaderes han ido acumulando a lo largo de generaciones los tesoros familiares: vajillas bruñidas, cristales tallados, bodegas polvorientas con los vinos más sublimes. Los que, tras el servicio obligatorio, decidan quedarse en el ejército tendrán preferencia para hacerse con alguna de las muchas tierras disponibles en las colonias. Suaves colinas listadas de viñedos, palmerales, haciendas cafeteras, caza de animales exóticos. La prosperidad como un merecimiento o como un don, tanto da. Una equilibrada mezcla de agradable vida familiar y de aventura masculina. El exotismo con el que las navieras ilustran los carteles que anuncian sus cada vez más numerosos destinos: Alejandría, Goa, Birmania, Ceilán o Lisboa. Lugares cuya mera mención inflama las almas de los hijos de la patria.

40

Hace tiempo que Leva murmura: camino de los tajos, en los descansos, en plena tala. Empezó con un rechinar de dientes, movimientos nerviosos de las mandíbulas y algún pequeño tic. Luego vinieron las palabras sueltas, ya para siempre desconectadas entre sí, con esa misma narrativa inexplicable de unas estrellas que, por brillar próximas, forman una constelación.

No hay en su soliloquio nada que denote nostalgia de lo perdido o anhelo por el encuentro con los que ahora le rodean. Ha tenido ocasión de hablar con alguno de los españoles que están en el campo. Se los cruza en el cercado, sabe quiénes son y en qué brigadas talan. Incluso allí hablan alto. Se hacen notar. De haber iniciado alguna relación, quizá ahora no estaría murmurando. Habría tenido alguien con quien hablar y puede que en quien confiar. Alguien capaz de abrir en él una grieta por la que airear su propia podredumbre. Alguien, en definitiva, con quien poder compartir. Aquella mañana invernal, por ejemplo, arrastrando ramas de abeto. Al soltar la carga, lejos de donde la brigada pica, se desmorona lo que hasta ese momento no parece más que otro montículo de nieve. Allí aflora un arbusto achaparrado en cuyas ramas brillan, como lucecitas, bayas invernales. Trata de cogerlas, pero sus dedos rígidos las rompen de lo maduras que están. Se tumba y, una por una, las va absorbiendo con los labios. La dulzura del fruto en su sazón frente al descuidado bodrio, el pan de guisantes o los nabos cocidos. Aquello es un regalo inesperado que quizá hubiera compartido con alguien, probablemente con algún español. En aquel lugar, la lengua común habría sido para él una verdadera patria. Podría haber hablado aunque solo fuera para escuchar su propia voz. Quizá así habría conservado la cordura.

Tumbado, deja caer su mano hacia mí, como si me la ofreciera. Ha quedado abierta, con la palma hacia el cielo. Sus dedos, contraídos, parecen querer agarrar el aire. Podría tomarla entre las mías, abrir sus dedos, sentir la dureza de su piel. En lugar de eso le digo que le entiendo. Que sé que su silencio es su única posesión. En él te has refugiado, continúo, y con él te has apartado de los demás; de las agresiones de unos y de otros pero también de las manos tendidas, que, como la tuya ahora, también las ha habido. Prisioneros que no han sido desmontados del todo. Los has visto agarrando a algún viejo por detrás justo en el momento en que iba a caer definitivamente. Los has tenido al lado, cuando compartían la miserable ración o espantaban las moscas de los labios de otros. Lo has visto y te has callado.

Tomas tu escudilla y te apartas y, sin saberlo, te envenenas, como yo lo he hecho. Tú también eres un odre podrido, hinchado por esa misma bilis que a mí me corroe. Y lo cierto es que te hemos hostigado hasta reducirte a la murmuración. Hemos violentado en ti, en vosotros, lo que hasta ese momento os había sostenido. Y tú, qué otra cosa podías hacer, has terminado pensando que tu ausencia es el único refugio, y tu piel, la única frontera.

41

Me habla de su hija Dolores, a la que todos en el pueblo conocen como Lola, la de Teresa. Pronuncia su nombre y le tiembla el labio. Dejo las notas y atiendo.

Le pregunto por ella de todas las maneras que se me ocurren sin conseguir respuesta, hasta que me doy por vencida y empiezo a hablarle. Le cuento que para abril, incluso allí, tan al norte, la nieve ha perdido espesor. Su blancura se extiende en derredor, pero ya no es una capa lisa porque los tocones van emergiendo como granos sobre la superficie resplandeciente.

Uno de esos días, le digo, mientras tomas tu sopa sentado en un tronco, no la encuentras. Su rostro ha escapado de tu memoria y no consigues traerla. Recuerdas su peso, el lastre de su cuerpo tirando hacia la tierra de manera obstinada. También su ropa, siempre la misma, el modo en que dibujaba con yeso en los Mártires, sus pocos juguetes. Recordarla es algo que has hecho cada vez que parabas para descansar. No tanto como un propósito de tu voluntad sino, más bien, como una consecuencia natural del propio descanso. Durante la corta parada, puedes de verdad encontrarte con ella. Lejos por un momento de las humillaciones de los soldados, que también comen, y de los rigores del trabajo.

Esa memoria que regresaba cada día ha logrado, de alguna manera, que sigas vivo. Volverá el recuerdo, pero eso es algo que aún no sabes. Tampoco que, cuando lo haga, al correr del tiempo, no será ya nunca la imagen que acabas de perder.

Sosteniendo el cacillo bajo el mentón y con la cuchara hundida, dejas que tu mirada se pierda por el valle talado. Un espacio en el que el sol no entraba y que ahora se muestra desvelado. A lo lejos, hacia el sur, puedes ver la parte más alta de la nube de humo negro que expulsa la planta de creosota, allá, en el campo. Una masa de algodón oscuro y bordes rotos alimentada por una columna retorcida y nítida que la comunica con la chimenea.

«¿Dónde está mi hija?», te preguntas. Todos los que la conocieron, los vecinos, las viejas del pueblo, su pequeña amiga Amalia, yacen revueltos entre taludes de barro agradecido. Y si solo habitaba ya en tu memoria, y ni tan siquiera allí la encuentras, ¿qué será de ella? Una vida tan fugaz como el agua que baldean en julio para refrescar los veladores de la Corredera. ¿Qué harás si su rostro no regresa a ti?

¿Qué te impedirá matarte? Tomar el hacha o la hoz, dejar de comer, huir de la brigada en pleno día y correr gritando por el valle arrasado a la espera de que el soldado te acierte en la cabeza. ¿Quién eres si ni tan siquiera puedes tomar su camino? Deseas acompañarla, estar a su lado, solo eso. Quieres tenerla junto a ti y ni siquiera te importa que los dos estéis muertos porque, en ese lugar perdido cuyos límites no conoces, esa misma muerte flota vistiéndolo todo con su oscuridad. Allí da lo mismo vivir que no, y esa idea aproxima tu cuerpo al de tu hija, detenida como está, partícipe de la sustancia común de vuestros ancestros. «Lola, espérame», dices. Y por primera vez en tu vida, a pesar de haber estado en muchos velatorios, sientes que aquello que el cura decía sobre la resurrección y el encuentro tiene que ser cierto. La yegua sedienta, perdida durante días en un breñal, se tiende y se consume para extraer de sí el agua. Y la que saca de los músculos se la entrega al corazón, pues vale más vivir sin patas que sin sangre. Y así, el hombre desesperado se tiende y se entrega a la creencia y transmuta para sí lo ilusorio en cierto.

Perdido en tu propio erial, te entregas al misterio de creer lo que los sentidos no admiten: que habrá un encuentro con los otros, que la muerte no es sino una puerta por la que se entra y no se sale, pero un paso, a fin de cuentas, que presupone una estancia ulterior, ya que, de lo contrario, ¿qué sentido tiene el umbral? Allí, en aquella amplia habitación, aguardan los que lo cruzaron. Los mayores charlan, los niños juegan bajo las mesas, escondiendo los manjares para dárselos a los gatos, que ronronean satisfechos. La luz que entra por las ventanas es extraordinariamente pacífica, y todo aquello sobre lo que se posa queda al instante sosegado.

42

Al comienzo de la segunda primavera, el mando del campo es relevado. El nuevo comandante con su cuadro de oficiales e ingenieros descienden de los coches frente al edificio de gobierno.

Allí los espera el jefe de campo con sus oficiales. Se saludan marcialmente y el comandante saliente le muestra con la mano el camino de entrada a la casona. Con vistas a un primer encuentro privado, se ha dispuesto un refrigerio a base de Tokaji, frutos secos y embutidos de venado y jabalí. Los dos hombres departen un rato sobre el largo viaje necesario para llegar hasta el campo y sobre la urgencia de intervenir en una zona de la carretera de acceso, a no muchos kilómetros de allí, donde unas altas hoces aprietan la vía contra el cauce dejando un estrecho paso en el que son habituales los desprendimientos de rocas. Una breve revista a las novedades del cuerpo al que ambos pertenecen, algún ascenso, traslados, las nuevas colonias y, tras apurar las copas, se disponen a realizar una primera visita a las instalaciones.

El comandante saliente guía a su sucesor indicando aquí y allá, observando con idéntica mirada profesional a un prisionero harapiento que a una torre de vigilancia. Por detrás de ellos, cada suboficial acompaña a su par tratando temas auxiliares: unos hablan de lo relativo a la vigilancia, otros de los suministros industriales necesarios para el aserradero o para la planta de tratamiento. Hacen hincapié en los índices de producción por trabajador, comparan cifras y señalan al circo montañoso que los rodea con gestos que lo abarcan todo, ya que toda la madera que hay a la vista ha de ser llevada al campo para su transformación en traviesas y, desde allí, enviada en camiones para empujar los confines del Imperio.

Se detienen en el cercado, vacío a esa hora. Al recién llegado le sorprende el hecho de que los barracones estén semienterrados y, aunque no dice nada, también la suciedad del recinto. Enumera los camiones aparcados, habla de las nuevas regulaciones que se están preparando para ese tipo de explotaciones y, al terminar la revista, caminan río arriba por el valle talado. El comandante saliente tiene interés en mostrar a su sucesor que, bajo su mando y en tan solo dos campañas, la superficie cortada se extiende más allá de lo que la vista alcanza. El nuevo comandante hace visera con la mano tratando de encontrar los límites de la llanura, pero, efectivamente, no los encuentra. Pregunta entonces por los frentes de tala y el jefe de campo señala varios puntos vagos en la lejanía. A su lado, el río desciende caudaloso. Se levanta sobre las rocas, envolviéndolas con una película vitrificada, y su ímpetu produce un ruido confuso, como de papeles arrugándose.

El nuevo comandante tarda varios días en hacerse notar. Los que necesita para evaluar con sus ingenieros el funcionamiento de la explotación. Determinan que una gran parte de la fuerza de trabajo se pierde en los desplazamientos y que, a pesar de tener la posibilidad de recibir trabajadores ilimitadamente, es preciso reducir el índice de mortalidad del campo para aprovechar la experiencia de los que ya están, algo que el nuevo mando entiende como un valor.

Es un hombre tenaz. De gestos eficaces, sin la lánguida musicalidad de su predecesor, tiene muy claras sus órdenes y sabe lo que tiene que hacer para llevarlas a término. Será frecuente verle en el aserradero, en las talas o incluso internándose en el bosque. Acompañado por un secretario con un cuaderno, irá dictando mientras caminan. Informes destinados al ministerio, cartas oficiales, listados de materiales, borradores de protocolos. En sus paseos gozará del aire vivificante de las montañas, tan parecidas a las de la tierra en la que creció. Hará observaciones a su ayudante relativas a la calidad de la madera aún por talar. Su grado de humedad, los días necesarios para su secado tras la corta. También detalles constructivos, esbozos de posibles nuevas instalaciones con vistas a la mejora de la producción. Toda su energía al servicio del Imperio. Por eso ha sido destinado al campo. Quien le ha enviado sabe que podrá alimentar la máquina mejor que nadie. Así lo ha hecho en todos los destinos en los que ha servido. Así lo hará aquí.

43

Llevo toda la mañana viendo sobre el escalón la bandeja con su desayuno. El día es particularmente caluroso y hace rato que debería haber subido desde el huerto. Dejo pasar el tiempo, pero no aparece. Los gorriones picotean la tostada hasta que la sacan del plato. Llegan estorninos y tórtolas. Busco entre los bancales, en la poza y tras la casa, pero no lo encuentro.

44

«Se levantará un campamento avanzado para que los trabajadores estén más cerca de los frentes. Es necesario que pasen más tiempo talando árboles y menos caminando —les dice el nuevo comandante a sus oficiales en la primera reunión que tiene con ellos nada más despedir al cuadro saliente. Y también—: Los internos no desperdiciarán energía en caminatas cada vez más largas. Así aprovecharán mejor las pocas horas de luz natural de los meses de invierno.»

A la mañana siguiente, es el propio comandante quien, subido a una de las torres de vigilancia del cercado, se dirige a los cautivos para comunicarles las nuevas normas. Además, a partir de ese momento la ración de comida dependerá del volumen de madera talada. Cinco metros cúbicos por hombre y día. Quien consiga el cupo tendrá derecho a la ración completa. Quien no, sufrirá quitas de uno, dos o tres cuartos de ración. Por último, los informa, se apisonará un camino para comunicar el aserradero y la planta de creosotado con el campamento avanzado. Se destinarán algunos camiones al transporte de la madera desde la base avanzada hasta el campo. Se acabó tener que apilar troncos en los meandros del río a la espera del deshielo.

Aguardan a que el comandante se retire y entonces los jefes de brigada organizan a los prisioneros para comenzar a caminar. Leva y otros cinco hombres de su grupo son separados por su jefe y puestos bajo la custodia de dos soldados. Uno de ellos les hace gestos con la mano en señal de espera. Las miradas que se dirigen unos a otros están cargadas de preguntas porque todos saben que las alteraciones en la rutina no suelen traer nada bueno. Generalmente, cuando un cautivo es separado del grupo, no vuelve a ser visto. Quieren creer que se los llevan para reubicarlos en algún otro campo, mina o fábrica de las que saben que hay repartidas por el Imperio.

Nadie quiere pensar, sin embargo, en el juego con el que se entretenían algunos oficiales del anterior cuadro de mando. Los domingos elegían a uno o dos prisioneros de los que quedaban en el cercado, los llevaban al bosque y los soltaban en algún claro para que corrieran.

45

Ya estamos en septiembre. Durante el día el sol sigue castigando, pero ahora durante menos horas. Las ausencias del hombre son ya cotidianas. Normalmente se va al amanecer, pero hay veces que se marcha después de almorzar. Solamente en una ocasión, que yo sepa, ha utilizado la cancela para entrar o salir de la propiedad, y ni siquiera le vi. Desciende por las terrazas lentamente hasta que se pierde valle abajo. Viéndole marchar me doy cuenta de que, al margen de las torpezas propias de su edad, apenas cojea ya. Nunca vino a mí para que le curara. A lo sumo, llegado el momento, se dejó hacer, con la misma docilidad con que recibió mi disparo. Él se quedó quieto en la oscuridad del pasillo. Yo hubiera tenido tiempo suficiente para verle emerger de las sombras y comprobar que no había nada peligroso en él. Una navaja en una mano, pequeña como un cortaplumas. Le hubiera seguido con el ojo del cañón hasta la puerta de la casa, sin más. Pero él se quedó quieto y yo disparé.

46

Hoy se ha presentado el jardinero. Había olvidado que le pedí que volviera pasadas tres semanas. ¿Pensaba yo entonces que ése sería el tiempo necesario para resolver este asunto?

Hasta que lo mandé a casa venía cada pocos días y era su costumbre entrar en la propiedad sin llamar. Hoy, sin embargo, ha voceado mi nombre desde la cancela y allí ha esperado hasta que he salido a recibirle. Lo mismo que el cartero o el cabo. La cordialidad con la que nos tratábamos se ha esfumado desde que el hombre está en el huerto. Ninguno de ellos, a los que conozco desde hace tantos años, se muestra ahora con su habitual naturalidad. Con sus remilgos y sus vistazos furtivos desde el camino, parecen marionetas del cónsul.

Le saludo y me hago la sorprendida preguntándole por el motivo de su visita, y él, sin descubrirse, me recuerda mi última orden. Desde el otro lado de la reja alcanza a ver las puntas de los encañados y los rodrigones donde las judías verdes lucen frondosas. No puede evitar mirar hacia el huerto, a fin de cuentas es su trabajo y el motivo por el que hoy ha venido. No hay en su mirada censura o cuestionamiento. Sabe que le he mentido, que el motivo por el que le pedí que se quedara en casa no era el que le dije. Es un hombre dócil y conforme. Asume con naturalidad los límites que no debe cruzar, especialmente con nosotros, así que se queda en el camino a la espera de mi decisión. Quiero decirle que se vaya, perpetuar mi absurdo embuste contándole que estas tres semanas de trabajo en el huerto me han hecho bien. Que me he sentido muy cómoda y que, si lo he podido hacer sola, ha sido gracias a su ejemplo durante tantos años. Quiero decirle que no es necesario que vuelva más, que todos estos años de servicio tocan a su fin y que, en adelante, seré yo quien me encargue de sus tareas. En lugar de eso abro la cancela y le invito a que pase.

Le conduzco hasta el porche, donde le pido que tome asiento en una de las sillas. Él, ahora sí, con la boina entre las manos y la mirada expectante, sube los escalones y saluda con un gesto de cabeza a Iosif, que dormita en el otro extremo, sobre la mecedora. Le ofrezco café y limonada, pero él me pide agua. Entro en la casa. Esta mañana, a primera hora, he visto al hombre acostarse junto a los calabacines. En esta época del año, las matas se extienden varios metros y las hojas ya son grandes como sombrillas. Juntas forman una especie de techado continuo, igual que hojas de nenúfar en un estanque. En caso de que esté allí, será imposible verlo desde el porche.

Cuando salgo con la jarra, encuentro al jardinero mirando hacia la chaqueta colgada en la verja blanca. Le sirvo el agua y me siento. Viéndole, incómodo en el borde de la silla, con esa actitud del cuerpo que dice «¿Qué hago aquí? Quiero marcharme», me doy cuenta de que nunca antes me había sentado a la misma mesa que un lugareño. Cada poco Iosif rompe la regularidad de su sueño y aspira con fuerza, como recogiéndose la baba.

«Me gustaría preguntarle algo», digo finalmente. Noto su tensión. No está acostumbrado a sentarse con los patrones en sus casas ni mucho menos a que nos interesemos por él. Cree, igual que los demás, que no tiene nada que contarnos. Que su vida no tiene el menor interés. Las historias familiares, únicas narraciones posibles, se reservan para cuando se reúnen en los arrabales de Zafra o de La Parra, donde los hemos confinado.

Le pido que me hable de su procedencia. Me dice que nació en Santa Marta, un pueblo cercano, en la carretera de Badajoz, y que cuando se casó se instaló en La Parra, el pueblo de su mujer. Termina el vaso de agua a pequeños sorbos. Hace tiempo. Intenta retrasar mi próxima pregunta mientras encuentra alguna excusa para marcharse.

Hablamos de Santa Marta, un pueblo del llano rodeado de campos de cereal, y de sus minas. Me cuenta que, hasta que yo le ordené quedarse en casa, había venido desde su pueblo a trabajar aquí diariamente donde, además de nuestra finca, cuida los jardines en dos casas más del pueblo.

No quiero abordar el asunto directamente. Temo que se asuste y que se cierre todavía más. Me excuso y entro en la casa, de donde salgo con media telera, un plato con morcilla y una frasca de vino de pitarra. Le pongo un chato que primero rehúsa y luego acepta. Mi intención no es tanto emborracharle como hacer que se relaje. Después del tercer vaso de vino y de diversos rodeos, me confirma que, en efecto, viene a trabajar a este pueblo porque aquí no hay mano de obra local. Finalmente, me decido. «¿Por qué todos los que sirven en las casas y en las fincas son de otros lugares?», le pregunto.

47

Ven salir a los cautivos camino de los tajos. Pasan frente a ellos y muchos les dirigen miradas compasivas. No hay, en apariencia, nada que los haga diferentes de aquellos que ahora marchan hacia los bosques: los mismos andrajos, los mismos pómulos, la misma piel agrietada y cavernosa.

Finalmente, uno de los nuevos oficiales se acerca al grupo de Leva. A su llegada, los centinelas se cuadran para saludar y él les hace un gesto para que bajen las manos tiesas. Pregunta a los cautivos si hay alguno que entienda su lengua y tres levantan la mano sin separar siquiera el codo del costado. Lo intenta en francés y en castellano, pero no recibe respuesta.

Se presenta como teniente Adrien Boom y les explica que es topógrafo del ejército. Tiene orden de trazar la nueva carretera. Durante las siguientes semanas ellos serán sus ayudantes.

Puedo ver al teniente Boom en aquellos tiempos: joven, delgado, ingenuo quizá. Noble, en cualquier caso, y valiente, sin duda, para ser capaz de hacer lo que hizo por este hombre, Leva.

Tras la breve presentación, hace señales para que le sigan. Los hombres se miran, porque todos perciben una anomalía en el oficial. Sus formas no son las de un soldado. No se mueve como ellos, no grita. Su boca no es un volcán del que salen despedidas gotas de saliva. Su mera presencia no es hiriente ni amenazadora. Está ahí, sin más, dispuesto a llevar su trabajo a término. La eficacia ha desterrado a la crueldad. Ha comprendido, en aquel campo, en otros campos, que un buen maquinista no debe permitir que las piezas de su ingenio se traben o se llenen de muescas.

El grupo sigue al teniente hasta uno de los camiones estacionados al otro lado del río. De él sacan herramientas, un par de sillas plegables, caballetes y un tablero. A Leva le entregan una caja de madera pequeña y pesada de la que pende un tirante. Se lo echa al hombro y luego toma el trípode que le pasan.

Caminan juntos hasta que el topógrafo ordena parar. Instalan la mesa y, sobre ella, el oficial despliega planos y croquis sobre los que coloca escuadras, transportadores y otros materiales de medida y escritura. De la caja de madera saca un teodolito que monta sobre el trípode. Por ser el más próximo a él, entrega a Leva la mira pautada y lo envía a cierta distancia. El resto afila estacas.

A comienzos de mayo el río baja impetuoso. El deshielo es ya irreversible y las manchas verdes y marrones se van acrecentando al ritmo del caudal. Los márgenes secos de principios de otoño, los pedregales de los meandros y hasta los pies de los alisos se ven anegados por aquella fluidez incesante.

Los hombres trabajan remangados y es la primera vez desde que llegaron que pueden descansar durante la jornada porque, por algún error de cálculo, son más de los necesarios para la tarea. Ni el topógrafo ni los centinelas lo hacen notar al mando, así que, durante cuatro semanas, Leva y los demás se dejan calentar por el sol primaveral, bebiendo cuando lo necesitan y, algunos, hasta canturreando.

48

El jardinero no quiere hablar. Me dice que no sabe nada y yo apelo a los años de servicio y al respeto con el que siempre le he tratado. Le recuerdo que en una ocasión le adelanté su salario para que pudiera comprarle a su hija una medicina. El doctor Sneint, por mediación mía, telegrafió a un viejo amigo, un capitán de farmacia, para que le hiciera llegar desde Barcelona las cajas que había disponibles de aquel medicamento.

Me pide permiso para servirse vino. Llena tanto el vaso que tiene que agacharse sobre él para sorber un poco del líquido antes de levantarlo. Se remonta a muchos años atrás. «Al principio de la guerra», dice, y a mí me sorprende que llame *guerra* a nuestra invasión. Es cierto que la anexión de España aparece en nuestros libros de historia casi como un *hermanamiento*, más que como el fruto de una campaña militar. Nuestros muchachos, en la patria, tienen una idea de este lugar aún más dulce que la que teníamos nosotros antes de la ocupación. Para ellos, España es un jardín diverso, rico y bien gobernado. Ven en los boletines los grabados de los palacios en Salamanca o en Madrid. Las recoletas calas de la Costa Brava, los castillos y las catedrales. Los campos de cereal en Castilla, el tabaco en los amables valles cacereños, los viñedos riojanos, las escarpaduras de los Picos de Europa que nada tienen que envidiar a los paisajes con los que muchos están familiarizados.

Está claro que ellos también han construido su propia mitología. Llamar «guerra» a nuestra fulgurante invasión implica resistencia y orgullo, pero lo cierto es que no les dimos tiempo para lo primero, y lo segundo, a la luz está, hemos sabido amputarlo convenientemente.

Le pido que me hable de esos primeros momentos de la *guerra* y él me cuenta que los militares tomaron todos los pueblos de la zona al mismo tiempo. «En no más de dos días», dice. En su pueblo y en el de su mujer, que son los que mejor conoce, sucedió lo mismo. Reunieron a la gente en las iglesias y los retuvieron hasta ser informados de las nuevas condiciones de vida. De allí salieron muchos hacia destinos desconocidos en aquel entonces. Le pregunto por este pueblo y resopla. Se pasa la mano por el cogote, medita. *Kaiser* aparece por la portezuela de la escollera. Lento, como siempre, va en busca de la sombra de la encina, un hábito que ha aprendido del hombre del huerto. Temo verle aparecer por el mismo sitio, ajeno a nosotros, sin importarle la presencia del jardinero, extraño para él o, mucho peor, conocido.

Por lo que me cuenta, imagino que precisamente allí está él, sobre la escollera, cuando oye los primeros disparos procedentes del pueblo. Puedo oír las detonaciones secas propagándose valle arriba, entre los almendros y las pizarras. Cuando se levanta la veda de la perdiz, los viejos militares salen a cazar con sus perros y sus reclamos. De octubre a enero los contornos retumban desde bien temprano. Si las partidas baten cerca, tras las primeras detonaciones las perdices rojas sobrevuelan la casa, desquiciadas. «Pum —dice Iosif cuando las ve pasar. La cabeza ladeada hacia el cielo y baba en los labios—. Pum, pum», repite, y le brillan los ojos.

Una docena de soldados avanza peinando los campos, revisando encinas y olivos, pinchando las zarzas con los cañones de sus fusiles y abriendo a machetazos sus varas tejidas. Suben en línea recta, sin atender ni a lindes ni a cercas, como si hubieran sido puestos sobre un raíl, allí abajo, en la boca del valle, concentrando sus trayectorias a medida que ascienden y las laderas se cierran. Dominan en las pendientes las zonas oscuras. Al fondo, imponente, se levanta la recia silueta del castillo recibiendo por detrás la luz del amanecer.

Si el hombre que ahora holgazanea en mi huerto hubiera tenido algo que temer habría escapado al oír el primer tiro, con los soldados todavía distantes. Se habría agachado y así, moviéndose a cuatro patas, habría llegado a la parte alta de la propiedad para ascender por el muro que contiene el talud superior. Desde allí habría seguido, saltando de finca en finca, dejando a un lado el lazareto abandonado, evitando el camino hasta alcanzar el collado desde el que la ladera de la sierra se inclina hacia La Parra y Salvatierra. Allí, las torrenteras se multiplican, algunas encajándose entre las rocas. Forman recovecos y hasta galerías. Hubiera hecho falta un ejército para dar con él.

Pero no huye. Al contrario, medio embobado, los ve aproximarse saltando cercas, pisoteando los cultivos, reventando melones a su paso. Ni furiosos, ni cansados. Decididos en su avance, seres mecánicos.

Se gira. Tras de sí, en la terraza superior, todo está tranquilo. La vieja caseta encalada para los aperos; tejas oscuras y cruces de forja en los ventanucos. Algunas higueras, el gallinero y, en el centro, la gran encina bajo cuya sombra azul pace el burro. Zumban las abejas en las colmenas de corcho alineadas en la parte alta de la propiedad, excitadas por el día que comienza, por la promesa de las flores de los calabacines abriéndose al ritmo cadencioso de la luz de la mañana. Se vuelve. Un hilo de brisa le trae los aromas que envía la cooperativa de vino allá abajo, en las afueras del pueblo. La repisa de la huerta, delante de él, flanqueada por el arroyo y, llegando, los hombres. Son soldados. Aprieta la mano que contiene la tierra que estaba oliendo y se la lleva al bolsillo para comprobar que su navaja sigue allí. Al palpar el arma, derrama la tierra sobre ella y así malogra sus escasas posibilidades de defensa.

Los contempla paralizado. El modo en que ascienden violentando la quietud de los campos, derribando cercas de piedra cuya construcción él no ha conocido. Su briosa insolencia al transformar un territorio incuestionable. Lo que siempre estuvo allí. La propia naturaleza del tiempo.

Y entonces, con la partida a punto ya de subir a la última terraza, distingue por vez primera las caras de los hombres. En ese momento dos soldados forcejean con la puerta de la parcela. Una hoja de tablas mal clavadas, enlazada con un alambre a una estaca recibida al muro. Basta echar un vistazo al rudimentario cierre para entender su mecánica. Tan solo es preciso levantar el lazo ensartado y dejar que la puerta, vencida por su propio descuadre, se abra sola. Sin embargo, los soldados, quizá asfixiado su entendimiento por los ajustados barboquejos, la zarandean de manera obstinada. Y como no consiguen abrirla, resuelven trepar al murete haciendo que algunas piedras se desprendan y rueden hacia el arroyo. Se vuelve hacia la terraza superior. Los intrusos ya le esperan fusil en mano, apuntándole con sus bayonetas caladas.

«¿Qué quieren?», pregunta, pero no le responden. Son dos esculturas pardas y fornidas. Leva no reconoce la forma de sus cascos, ni sus emblemas, ni los atalajes. No son, desde luego, soldados españoles. «Yo no he hecho nada», dice, sin saber que esas palabras son casi las últimas que saldrán de su boca durante muchos años.

Los militares dicen algo que no comprende, pero cuyo tono es imperativo. Lo primero que escucha en la lengua de los soldados es una orden. Sabe que esperan algo de él, y está dispuesto a hacerlo, porque la violencia con la que han ascendido hasta su huerto así se lo aconseja. Pero qué. ¿Qué debe hacer? El miedo es un tornillo sin fin que, alimentado por un viento incesante, ha extraído de él las ideas, los sentidos y hasta las percepciones. Y ahora, hueco, no sabe si levantar los brazos, si arrodillarse, si ofrecer tabaco a los soldados. Lo único que el miedo le ha dejado es, precisamente, miedo. Así que grita mientras dirige su mirada alucinada a los hombres. Grita mostrándoles las palmas de las manos y los dientes desiguales.

La cabeza de un caballo aparece tras el muro que separa la propiedad del camino, por el mismo lugar por el que han saltado los soldados. Está aparejado con correajes negros y una chapa metálica en la frente. Montando al animal, un oficial tocado con gorra de plato. Trata de darse aire abanicándose con la mano, mientras curiosea entre las copas bajas de los almendros de la parcela vecina, como si en las drupas verdes y aterciopeladas hubiera algo más urgente que los gritos desesperados del lugareño.

El resto de los soldados ya ha alcanzado el huerto y comienzan a ascender al nivel en el que el hombre continúa voceando. Con los militares formando un amplio círculo en torno a él, su voz empieza a decaer. Sin darse cuenta ha dejado marchar por su boca gran parte de la fuerza que necesitará para luchar si es agredido. Pero tener frente a la cara una recia bayoneta, su acanaladura letal y la imponente solidez de su hoja no favorece el cálculo ni la medida. La sostiene un hombre joven, incluso más que él. La pequeña visera de su casco sombrea sus ojos azules.

Pistolas en cartucheras de cuero negro, atalajes completos, cinchas. Se murmuran cosas los unos a los otros. Conspiran contra el hombre solo que anuncia el tiempo nuevo: el del ser arrastrado y despojado. Su carne irá quedando prendida en los mil alambres que le aguardan y nada podrá hacer él, al que todos llaman Leva, para evitarlo.

49

Releo la carta del teniente Boom. No deja de sorprenderme. Lo que cuenta es vergonzoso. Un escándalo si fuéramos otra clase de sociedad. Sin embargo, tengo ante mí sus palabras, la evidencia de que, incluso entre nosotros, es posible la nobleza. Él, salido del mismo tórculo que todos los demás, ha sido capaz de ver la realidad debajo de eso que tenía, que tenemos, tan bien aprendido. Puede que no hiciera ningún esfuerzo, que no tuviera que olvidar. Simplemente se dejó llevar por el instinto, o por un gesto de la mano del hombre del huerto, esa forma que tiene de eludir el índice cuando sujeta algo con los dedos. Quizá fueron sus ojos, tan cargados, o su sencilla querencia por la tierra.

De sus palabras concluyo que, a medida que pasan las semanas y que la carretera avanza, se va gestando algo parecido a una relación entre ellos o, más bien, una predilección. Jornada a jornada los hombres comprenden que son muy pocas las tareas necesarias para auxiliar en el trazado de la vía y que, a falta de mayor autoridad o brutalidad, es posible dar un paso atrás y ahorrar energía. Hablan durante los almuerzos o en los descansos. Intrigan y refinan las mil maneras de ausentarse. Al principio, cuando regresan para recibir nuevas órdenes, se quedan quietos a pocos metros frente al topógrafo. Éste, generalmente ensimismado con la interpretación de los planos o las mediciones, solo despierta al notar la presencia cercana de los hombres. Cuando la cuadrilla se da cuenta, poco a poco, va saliendo del campo visual próximo al oficial. Algunos, incluso, se sitúan varios metros al costado del topógrafo.

Todos menos Leva, aislado, ajeno a esas triquiñuelas. No por un afán en el cumplimiento de un deber que no es el suyo. Más bien por la distancia que ha cultivado con los otros. Para ellos él es el mudo, el hombre que no habla, que no se relaciona ni pelea. Con él no cuentan más que para el trabajo y de él no conocen ni el nombre ni la procedencia. Quizá ése es el principio de esa predilección. Que Leva siempre está frente a él cuando Boom levanta la mirada.

50

El trazado de la carretera está a punto de concluir, y Leva y el topógrafo caminan entre los desrames en busca del lugar por el que discurrirá una de las últimas curvas. El oficial lleva un plano doblado entre las manos. Se detiene, consulta los papeles y luego mira a su alrededor. Parece como si hubiera perdido algo que es, en realidad, una abstracción. Leva aguarda a su lado, cargado con la mira y el teodolito. A lo lejos se distinguen los barracones del nuevo campamento y también las torres entre las que habrán de tender las alambradas. El sol de media mañana evapora la humedad del prado levantando una bruma de pequeñas mariposas blancas sobre las amapolas. El teniente Boom, que generalmente silba mientras se mueven de un sitio a otro, está callado. Hay algo que no concuerda entre el terreno y su representación. Maldice a los técnicos del Instituto Geográfico Imperial que han dibujado ese plano.

Fastidiado, asienta el teodolito en sucesivos puntos y ordena a Leva moverse con la mira de un lado a otro hasta que consigue encajar un nuevo radio para la curva. Entonces corrige el plano a lápiz, vuelve a mirar alrededor, valora entrecerrando los ojos y, por fin, da por bueno el ajuste.

Superado el escollo, el topógrafo vuelve a silbar. Leva, que está recogiendo el instrumental para trasladarse al siguiente punto, se detiene al reconocer la melodía. Es una copla muy popular en España. Sonaba por la radio, la interpretaban las orquestas que recorrían los pueblos en fiestas. La cantaban las mujeres en la siega o en los pozos. La tarareará Leva a partir de ahora y será para él, sin saberlo, un ancla empotrada en una roca.

51

Regresa tarde. Yo no lo veo. Lo sé porque, repentinamente, *Kaiser* se levanta y se va de la habitación. Salgo al porche en el momento en que se esfuma en la oscuridad que hay más allá de la verja del huerto. Me tranquiliza saber que ha vuelto, que sigue ahí. Me doy cuenta de que, desde el porche, también yo veo la propiedad desde cierta altura. Igual que el oficial que, tantos años atrás, sobre su montura, ensancha con un dedo el cuello de su camisa. Uniformes de invierno bajo el sol de verano que fecunda estas sierras. Uvas en septiembre, aceitunas en invierno. Cerdos negros hozando bajo las encinas, transformando para el hombre los aceites de las bellotas en olorosa grasa. Llegado un momento, cansado ya, el oficial ordena algo y es entonces cuando los soldados, abandonando su lentitud felina, aprietan el círculo en torno al hombre que ahora duerme junto a mi perro. El soldado de ojos azules avanza hasta que su bayoneta está a dos palmos de la nariz de Leva, que siente el corazón en la misma boca.

Gira en redondo tratando de cubrir todos los flancos y quiere gritar, pero solo consigue exhalar aire estúpidamente. Allí, bailando en aquel círculo de lobos, con la boca ardiendo, rompiéndose la garganta en silencio, cierra los puños ante sí y se prepara para defenderse como nunca antes lo ha tenido que hacer. Recuerda entonces la navaja. Con un puño en guardia se palpa los bolsillos con la mano libre hasta que la encuentra. La saca pero es incapaz de desplegar el ridículo filo. Una hoja minúscula contra el fuego de sus fusiles. Una lámina de acero viejo mil veces afilada sobre piedras rugosas.

De pronto algo se acelera detrás de él y, antes de que pueda siquiera darse la vuelta, es derribado y en un segundo tiene a un hombre sobre la espalda, otro inmovilizándole los tobillos y dos más en los brazos. El pecho contra el polvo y la navaja lejos. Vuelve a gritar en silencio y se convulsiona cuanto puede, y por primera vez en su vida, sin articular palabra, maldice a aquellas bestias venidas de no se sabe dónde. Las caras de su mujer y de su hija estallan en su mente y, de nuevo, quiere liberarse y vocea abriendo la boca hasta sus límites, como lo haría un albur en una sentina. La humillación de haber sido reducido y el dolor blanco y cegador de no saber dónde está su familia.

Solo deja de agitarse cuando su cuerpo ya no puede más. Sus músculos se destensan y durante un rato queda bufando contra el polvo hasta que su respiración se hace regular. Tumbado, ve a uno de los soldados subir desde la terraza del huerto empuñando un mechón de cabos. Son las pitas que utiliza para levantar las tomateras en las cañas y que acumula en las cabeceras de los bancales para tenerlas a mano. También trae uno de sus sacos. Le atan las muñecas a la espalda. Quien lo hace no le ahorra tirones y, a falta de voz, solo puede cerrar los ojos y sudar. Luego le tapan la cabeza con el saco y se lo ciñen al cuello con otro de los cabos.

Cuando por fin está listo, el oficial da una orden y el cautivo es levantado por dos hombres y conducido hasta la encina. Allí, a pocos metros del burro, lo sientan con la espalda contra el tronco áspero. Desde ese lugar oye al oficial dar órdenes, pero no puede verlo agitar el dedo en dirección a los cultivos. Los soldados, que hasta el momento han estado en tensión, relajan los hombros y comienzan a repartirse por la parcela como cucarachas liberadas. La mayor parte suelta sus equipos allí donde está y se recuesta usando los macutos o los cascos de almohadas. Hay quien aprovecha la parada para curiosear alrededor de las colmenas o para trastear entre los bancales. Uno se pierde entre las matas altas y, a medida que los va encontrando, levanta los frutos del huerto para que los demás los vean. Al principio parece sorprendido por el brillo de las berenjenas o por el intenso color de los pimientos. Sopesa uno, lo abre y olisquea, pero, nada más morderlo, lo escupe asqueado por la amargura. Tan solo parecen gustarle los tomates. Los arranca de cualquier manera, haciendo que los ligeros encañados se tambaleen. Selecciona los más grandes y rojos. Los muerde y sus jugos resbalan por su barba rala. Luego, aburrido de no encontrar nada apetecible, va donde sus compañeros y se tumba sobre el polvo con el mentón todavía húmedo.

Otro de los que ha estado curioseando encuentra, entre las hojas rastreras, un melón. Allí mismo se sienta y, de espaldas a los demás, lo abre trasversalmente con su bayoneta. Lo vacía de pepitas y lo divide en tajadas con forma de anillo y a nadie dice que aquello es, por fin, un fruto dulce.

Desde el árbol, Leva siente el ir y venir de los soldados por la parcela. Piensa de nuevo en su mujer y en su hija y se pregunta si habrán corrido su misma suerte. Todo lo que ha visto hasta ahora en los soldados le parece nuevo. Incluso el caballo que monta el oficial le resulta extraño: la cruz altísima, las crines largas y peinadas, las orejas pequeñas y puntiagudas.

Imagina a Teresa ayudando a la pequeña Lola a trepar por la tapia del corral trasero para huir por el callejón de Zafra. Las ve recorriendo las calles, buscando el abrigo de los zaguanes, hasta salir del pueblo. Quizá, desea Leva, a esas horas estarán escondidas en la finca en la que sirven sus primas. Metidas en una de las tinas de barro vacías, bajo la protección de la señora de la hacienda, siempre tan atenta con ellas y sus familias.

Poco antes de ser levantado, oye gritar al oficial y cómo los soldados se ponen en marcha. Entran y salen de la caseta de aperos, a su espalda, y sacan herramientas de ella. Por el campaneo sabe que han cogido, al menos, el azadón, alguna azada y la pala. Y también que tratan de cargarlo todo en el burro y que lo aparejan mal, porque la bestia rebuzna incómoda, quizá con el azadón clavándosele en el lomo.

52

Esta vez el cartero no se molesta en llamar. Deja el sobre donde puso el anterior y se marcha. No curiosea, no levanta la cara, no se asoma por el murete. No busca. Simplemente deja el sobre y regresa al pueblo.

El cónsul me cita oficialmente para que comparezca en el castillo. Enviarán a alguien a recogerme dentro de tres días.

53

Lo busco desde la verja y no lo encuentro. A mi alrededor, por primera vez desde que la sembramos, veo la pradera completamente agostada. Me recuerdo con las tijeras, después de que el jardinero la segara, igualando los rincones de difícil acceso, aquellos a los que su guadaña no llegaba. Qué ridiculez, pienso ahora. Cuántas horas cuidando de este espejo verdoso. La Tierra designa a sus hijos pero nosotros, una vez más, le imponemos a nuestros bastardos ahora engullidos.

Mientras subo los escalones del porche, Iosif, desde la mecedora, me recuerda la clase de hombre que tenemos en casa. «Lo he visto. Lleva mis pantalones.»

Le miro fijamente para mostrarle una vez más mi desagrado. Tomo aire y empiezo a contarle lo que he ido descubriendo. Hago hincapié en todo aquello que tiene que ver con las formas militares. Le provoco con imágenes horrendas y con mis propios juicios, y lo único que hace es llamarme ramera. «Te acuestas con él, puta.» Y entonces yo lo quiero matar. Quiero entrar a la casa, descolgar la escopeta y volarle la cabeza a mi marido. Al hombre que obligó a nuestro hijo a tomar las armas. El hombre que ha despedazado a inocentes. Su postura en la mecedora es procaz. Tiene las piernas abiertas y puedo ver claramente la enorme mancha de orín en su pantalón. Me llama traidora y me dice que merezco la horca y que si no fuera por cómo está, él mismo me molería a palos y luego me echaría a las gallinas.

Lo hago. Entro en la casa, descuelgo la escopeta. Frente a él, abro el tubo para comprobar que está cargada y le apunto. No cierra las piernas. Al contrario, se quiere llevar una mano a los testículos y provocarme, pero no tiene tono en la musculatura de los brazos y solo consigue mover ligeramente el hombro. Por un instante me visita la antigua Eva y siento que mi deber es ayudarle a que pueda agarrarse los testículos con la mano abierta, rotundamente, y tirar de ellos hacia arriba.

54

A mediados de verano, una vez concluida la carretera, se instalan en el campamento avanzado. Leva y los demás son reintegrados a sus antiguas cuadrillas. Con el fondo del valle casi completamente arrasado, los grupos empiezan a trabajar en las laderas. Los desrames se hacen más difíciles porque, en pendiente, los troncos se vuelven imprevisibles. Algunos se deslizan a gran velocidad y los gritos de los que están arriba no siempre son oídos por los hombres que trajinan en las partes bajas. Mandan traer a lugareños, que instruyen a los prisioneros en la manera de trabajar en aquellas condiciones. Pican los troncos por los lados, meten las cuñas y, una vez derribados, las mismas ramas impiden que el tronco pueda rodar. Para bajarlos, los taladran por los extremos con grandes berbiquíes, como hicieran en la almadía, y forman trenes de tres o cuatro piezas unidas con cadenas. Enormes mulas tiran para llevar los árboles a las resbaladeras por las que, como sumideros de barro, las alturas van siendo vaciadas.

Las condiciones de la vida en el campamento son similares a las del campo con la diferencia de que, durante las primeras semanas, las tablas de los barracones huelen a resina porque todavía no han absorbido la pestilencia de los hombres hasta saturarse y rezumar hedor.

Para entonces, Leva apenas atiende ya a las estaciones, pues no tiene sentido medir aquello que ya sabe interminable. El paso del tiempo queda registrado en los cuerpos de los hombres, transformados por un imperativo biológico según el cual los tejidos se deshidratan, las neuronas dejan de multiplicarse y la sangre se va cargando con los lodos de la senectud. Los que han aguantado desde el principio, los que han sido castigados invierno tras invierno y cuyas naturalezas no han sido doblegadas, muestran una compresión particular: músculos absorbidos, contracturas, achatamientos, deformidades. Venas hinchadas sobre los antebrazos y las sienes, se diría que depositadas sobre la piel.

Al principio fue la violencia la que empujó sus particularidades hacia alguna zona sombreada, en la trastienda del espíritu. Rincones que la mayoría de los hombres no visitan en toda su vida. Pero luego fue el propio paso del tiempo el que acabó extinguiendo la luz de los candiles. Quien a esas alturas conservara algún calor de fondo, algún signo, por tibio que fuera, de la llama del ser, ya no lo cuidaba.

Los que llegaron con alguna fe pudieron soportar algo mejor los primeros años. Había un lugar en ellos donde sabían que nadie podía penetrar. Leva vio cosas que, en aquel momento, tanto tiempo después, eran impensables. Judíos que se negaron a trabajar en sabbat. Ortodoxos y católicos que soportaron castigos inimaginables por reclamar para otro un enterramiento digno o la inscripción de una cruz en un tronco donde falleció un amigo. Sus peticiones fueron repelidas según el estilo de la tropa: a culatazos y a la vista de los demás. La mayoría se replegó y los que siguieron viviendo en sus templos rocosos hubieron de ser como los judíos conversos de Toledo. Aun así, muchos murieron con los muros derribados, ya que llegó un momento en el que el hambre, el trabajo interminable o la desesperanza acabaron por erosionarlos.

Dios también vio a su hijo desangrarse en un madero y asistió a su tortura como ningún padre lo hubiera hecho. «Tendrás un lugar junto a mí en el Cielo», le susurró con las garras de pontífices y escribas ya enganchadas en sus talones. Pero, entre el prendimiento y el Calvario, el Hijo tuvo tiempo de ver malograrse la esperanza. El Padre no estaba allí, en la estancia en la que clavaban sobre su espalda vergajos con las puntas de plomo. «Me estará esperando tras los muros del palacio de Pilatos. Saldrá a mi encuentro desde algún callejón de la Vía Dolorosa. Con un cacillo verterá agua sobre mi cabeza y yo veré la sangre que las espinas me producirán caer hasta las piedras del suelo. Su mano amada me guiará, su nombre será mi nombre, su carne la mía. Su poder convertirá el madero que acarreo en una nube de polvo y con sola su mirada fulminará a estos que ahora me hostigan. Mi Padre liberará a los cautivos, les hablará a los niños perdidos, hará brotar el pan junto a las cloacas en las que su pueblo habita. Mi Padre me salvará de la muerte que ahora me aguarda sobre el Gólgota.»

La fe es un diamante engarzado en carne. Y la carne se aja y enferma. La piel se descuelga y los tendones se vuelven quebradizos y entonces el diamante cae, o se eleva, y se desvanece en la negrura del espacio cuyo final no es conocido, ni tan siquiera imaginado.

Los muros de Leva nunca fueron gruesos y, sin embargo, han sido muchos los momentos en los que ha rezado. O, más bien, implorado. Una jauría de perros sarnosos le empuja hacia un acantilado. Al llegar al límite, cuando sus opciones se reducen a ser devorado o caer al vacío, salta el último resorte y entonces implora a las Alturas del mismo modo que sus esfínteres se vuelven laxos. ¿Cuántas veces se ha visto al borde de ese acantilado? Y así, a fuerza de encontrarse con la muerte, se ha envuelto en su capote de silencio, ahuyentando por igual a la luz y a la oscuridad.

55

Todo el camino hasta el lazareto lo he hecho llorando. Parando cada poco para apoyarme en alguna tapia y recuperarme. En casa, incapaz de matar a mi esposo, he terminado por dejar caer el arma a mis pies y entonces Iosif ha empezado a reír y ya no he dejado de oír sus insultos hasta que he abierto la cancela y me he marchado. Quizá todavía siga allí, humillándome en soledad. Un hombre que no merece su descanso ni mis cuidados.

Ha sido la sombra del almendro que crece junto a una de las paredes del pequeño edificio la que me ha sosegado. Sus finas hojas, las drupas abiertas y secas a mi alrededor, pues nadie viene a cosechar los frutos de un árbol pegado a la casa en la que los leprosos debían pasar cuarenta días de aislamiento antes de poder entrar al pueblo. Sentada en el suelo, igual que él, amansada por la misma fertilidad que a él lo calma he visto cómo lo sacan al mismo camino que me ha traído hasta aquí, con el sol bien alto y el asno rebuznando. El oficial montado agrupa al pelotón en torno al caballo que se rebrinca nervioso entre la tensión del bocado y las espuelas que le electrizan la panza. La espuma blanca le brota sin cesar de las comisuras humedeciendo las piedras del camino.

Dos hombres sostienen a Leva, otro guía al burro cargado y un cuarto los escolta. Los demás saltan las tapias y forman una línea para continuar batiendo monte arriba. Yo los esperaré aquí, en el lazareto. En cualquier momento aparecerán y me encontrarán bajo este árbol, igual que una perra que se ha escondido para parir. Débil, tan frágil como sus bayas de invierno entre los cristales de nieve.

Como hiciera él, yo también los veo aproximarse hasta que los tengo tan cerca que puedo distinguir sus caras. Sus ojos, transparentes y turbios a un tiempo, están llenos de un agua remansada capaz de filtrar aquello que no debe ser considerado. El dolor de los otros, por ejemplo. Sus colores —cobalto, aguamarina, turquesa— son el resultado de la luz que reciben allá, en el norte. Una claridad atenuada por las hojas de nogales y hayas. Esta tierra, sin embargo, resplandece diez meses al año. Nada se interpone entre ella y un sol que rebota en las casas encaladas y ciega a los hombres. Rigores alejados de los nuestros: el frío, la humedad y, al parecer, la sevicia.

56

Alcanzan las rocas durante una primavera más bien fría. Los abetos, las píceas y los alerces han caído uno detrás de otro y después corrido ladera abajo para ser cargados en camiones y llevados al campo. Luego, el aserradero y el baño caliente y frío de creosota, capaz de penetrar en la madera resollante hasta intersticios que solo la savia había ocupado. El bosque reducido a la geometría apilable de las traviesas por la eficiencia y el desmoronamiento de los hombres.

Comen sentados en las piedras. A sus pies, la tierra volteada. Hace tiempo que los pájaros se fueron y no hay allí más sonido que el que hacen ellos o el viento. También han desaparecido los conejos nivales, los zorros y hasta los topos. Los únicos animales que quedan, una colonia de buitres, forman anillos que giran en las alturas, apretando sobre el mundo su tornillo angustioso. Observan a aquellas formas de vida residual hasta que detienen sus ojos amarillos en el elegido: un mulo, un caballo, un hombre.

Hace tiempo que le han retirado el hacha y las demás herramientas cortantes. Dos inviernos atrás lo encontraron ladera abajo, acurrucado en una torrentera. Tenía cortes por toda la cara. Los que dieron con él llegaron en el momento en que, con el pie descalzo sobre un tocón, Leva alzaba el filo. Lo agarraron por detrás y lo tumbaron. No forcejeó ni se opuso. Le llevaron hasta donde trabajaba la cuadrilla para que el jefe decidiera qué hacer con él. Sus compañeros lo vieron llegar, con la cara sangrante y un pie descalzo, tarareando su copla desquiciada. Durante la pausa de la comida estuvo recostado, con las manos atadas a la espalda, a pocos metros de sus compañeros. Los que le habían encontrado aprovecharon el descanso para narrar los detalles de cómo habían dado con él, y a partir de ese momento dejó de ser *el mudo* para ser conocido por todos como *el loco*.

Al atardecer, de vuelta en el valle, fue puesto a disposición del capitán al mando del campamento avanzado, que durante un rato lo observó: la cara rayada de sangre reseca, el pie descalzo, el pelo sucio y revuelto. El cautivo miraba en todas direcciones, entrecerrando los ojos y luego abriéndolos exageradamente. No era la primera vez que el oficial se encontraba ante un demente y sabía bien lo que debía hacer con él.

No se hablan mientras comen, ni tampoco se miran. El bosque que ellos mismos han desmantelado no se ha ido sin más. Ha dejado tras de sí un silencio que penetra en los hombres y los ensimisma. También una danza de rapaces que cortejan lentas porque saben que solo el que aguarda vence.

57

Estaba decidida a quedarme en el lazareto eternamente para no volver a ver a Iosif nunca más, como si eso fuera posible. Con la determinación de una niña pequeña me escapé de casa y ahora, muerta de hambre, también regreso igual que una niña. Siento vergüenza y también miedo. No me va a pegar, pero, salvo eso, lo que me espera ahora son más vejaciones.

Cuando ya tengo la casa a la vista, pienso en el hombre del huerto. Hacerlo, a pesar del dolor que implica, me aleja de Iosif. Lo acaban de sacar al camino. Ahí está, junto al burro, llevado por su triste escolta. El oficial y los demás vienen hacia donde estoy, formando su línea de batida. Parece que buscaran saboteadores o criminales en lugar de labriegos. ¿Qué pretenden? ¿Aterrorizarlos, censarlos, informarlos sobre las mejoras en sus condiciones de vida, evangelizarlos?

El sol proyecta sombras oscuras bajo los almendros. Cada cierto tiempo se oyen disparos seguidos por el aleteo de las aves asustadas. Algunos parecen provenir del pueblo pero otros, más cercanos, se están produciendo en las lomas de la Sierra Vieja. Leva, aún encapuchado, sabe de dónde vienen las detonaciones. Piensa en los predios con aceituna que su primo tiene al pie de la cumbre del pico que llamaban el Mirrio, el más alto de los próximos al pueblo y desde cuya cumbre se domina incluso la terraza de la torre del homenaje del castillo.

Caminan sin prisa, deteniéndose con frecuencia para fumar o para beber de las cantimploras. Cualquier excusa es buena para perder un poco de tiempo en el inesperado paréntesis de libertad que les ha tocado en suerte. Hay jaras verdeando por las lindes y también flores de aliaga y de cantueso, pero ninguna de esas cosas llama la atención de los soldados. Tampoco el aroma del tomillo que menudea a su alrededor y que Leva aspira mezclado con el olor a cáñamo del saco que le cubre la cabeza.

Llegan al pueblo por el Pilar de la Cruz, un collado en el que, adosado a una casa, hay un abrevadero en el que los animales paran antes de encerrarse en los corrales o de salir a los campos. Hacia el norte, la ladera se inclina en dirección a La Albuera, y por el sur es el pueblo el que ocupa la pendiente con sus casas blanqueadas. De ese lugar parten caminos hacia Burguillos y La Parra, y allí, la calle del Duque,

que viene desde la iglesia, se retuerce para continuar subiendo hacia el castillo.

Sobre la pequeña meseta que forma la curva han ido acumulando camiones con caja de lona, vehículos ligeros, motocicletas y una docena de cañones de gran calibre que aguardan a ser emplazados en el castillo y en las defensas naturales de sus faldas. Sientan a Leva en el suelo con la espalda apoyada en el abrevadero y encienden cigarrillos. A lo lejos brilla la lámina de agua del pantano de La Albuera rodeada por una ancha uña de tierra gris y estéril.

Por el camino de La Parra se aproximan tres soldados con otro cautivo. Los que custodian a Leva les hacen señas para que se acerquen, aunque no les queda más remedio que pasar por allí. Los que regresan escoltando a lugareños tienen orden de conducirlos hasta la iglesia y el Pilar de la Cruz es la única entrada por la parte alta del pueblo.

Los soldados se saludan y luego intercambian cigarrillos por fuego. Sientan a su reo al lado de Leva. Un viejo al que han atado las manos a la espalda y cegado con un trapo sucio. Lleva una boina negra, más tirada sobre la cabeza que puesta. Leva siente junto a él la presencia del recién llegado y no se le escapa el olor a sudor agrio y reseco de los hombres del campo. El viejo tose. Los soldados charlan y el humo de sus cigarrillos los envuelve y luego se desvanece en el aire.

El viejo vuelve a toser y luego inclina la cabeza hacia él y murmura:

—¿Quién eres?

Leva se queda quieto. Todavía está conmocionado y no es capaz de responder. Los soldados siguen charlando por encima de sus cabezas.

—¿Eres del pueblo? ¿Te han cogido los soldados?
—Soy Leva.
—Leva. Soy José, *el Tocino*.
—José.
—¿Te han pegado?
—Sí.

Vuelven a callarse. Cada cual a su propia oscuridad, pero ahora, con la certeza de que aquello que les ha sucedido a los dos, puede haberlos alcanzado a todos. Hundidos en las alturas de la tierra fértil. Aquellas cimas desde las que las laderas se escurren. Los amplios valles y, a lo lejos, la llanura de Barros. Leva se pregunta por aquel hombre, mayor que él, al que conoce de toda la vida, con cuyos hijos él se ha criado. Juntos bajando las cuestas, haciendo rodar los aros. Juntos atrapando ranas y ayudando en la matanza. Los niños de este pueblo son otro pueblo. A nadie se deben cuando consumen sus días en juegos inútiles, sin otro propósito que el juego. La risa en la Corredera, los helados de Jaramillo en verano, los barquillos en invierno. Las puertas de las casas todas entornadas, nunca cerradas. Cortinas colgando que no se mecen, porque allí no corre el aire en agosto, salvo en las noches perfumadas.

—¿Quiénes son, José?
—No lo sé.

—¿Por qué nos hacen esto?

Leva recibe el primer culatazo en el pómulo, y José, en la boca. Ambos gritan y se revuelven y hacen intentos por levantarse y huir, pero los soldados continúan pegándoles hasta que dejan de moverse.

58

El teniente Boom es el único que hace algo por intentar salvarle de la muerte segura que le espera. Es él quien le explica al capitán que Leva es un trabajador leal. Que nunca se ha metido en peleas, ni ha intentado fugarse. «Ha servido bien a su majestad», concluye.

Dice esto con un tono que pretende ser definitivo, recalcando bien la palabra *servir*. Sabiendo que el término lleva implícito una voluntad que allí no se da. El capitán, que anda rebuscando algo entre los papeles apilados sobre su mesa, hace una pausa, le dirige al topógrafo una mirada breve y luego continúa. Está decidido a deshacerse de un trabajador que, en su opinión, ha llegado al final de su rendimiento y que sufre demencia pero, sobre todo, no está dispuesto a que un oficial de rango inferior que ha subido precipitadamente desde la casa de gobierno le diga lo que tiene que hacer con sus trabajadores.

—Mire cómo tiene la cara.

Señala a través de los cristales de la ventana al lugar en el que Leva aguarda esposado en el suelo. Un soldado está junto a él, de pie, con el fusil apuntando hacia el pasto.

—¿Sabe que cuando lo han encontrado estaba a punto de amputarse un pie con el hacha?

El teniente Boom niega con la cabeza.

—¿Me va a asegurar usted que mañana no va a matar o a mutilar a otro trabajador o, incluso, a uno de mis hombres?

Vuelve a negar con la cabeza. La imagen de aquel hombre ensimismado al otro lado del cristal no facilita su defensa.

—No le entiendo, Boom. No entiendo por qué ha subido a toda prisa hasta aquí, ni qué hace protegiendo a ese loco.

El topógrafo guarda silencio porque no sabe qué responder a las preguntas del capitán. La noticia de la detención de Leva le ha llegado esa misma mañana. Ha escuchado hablar a unos soldados en el comedor, donde los oficiales están separados de la tropa por unos ligeros biombos de madera.

Ha dejado su desayuno a medias y ha salido para ver al comandante y, con una excusa, le ha pedido permiso para subir al campamento. Ha hecho el camino a caballo, pensando en la suerte de aquel hombre callado que tiempo atrás había servido a sus órdenes. No hay, en apariencia, nada que lo haga diferente de los otros, a los que ve morir cada día, en cuya explotación sin límites él también participa.

—Lleva muchos años aquí. De su reemplazo, solo queda él.

—¿Y?

—Que usted sabe tan bien como yo que a este campo le queda poco. La madera se acaba y pronto nos iremos.

—Razón de más para no tener que cargar con él.

—En cierto modo se lo ha ganado.

El capitán mira furioso al topógrafo y éste se calla.

—Ese hombre no se ha ganado nada y, a no ser que el jefe de campo se haga responsable por escrito, ya sabe cuál es su destino. Al amanecer mis hombres lo ejecutarán. Si tanto le interesa, puede recuperarlo a media mañana y hacer lo que le plazca con su cuerpo.

Boom regresa esa misma noche con una orden firmada por el comandante en la que se urge al capitán a que le entregue a Leva. Para conseguirla, ha tenido que hacer valer su relación personal con él, excelente desde que la carretera fuera concluida con gran rapidez y eficacia. «Necesito un hombre que me ayude ahora que hay que empezar a desmantelar la explotación», le ha dicho.

Dos días después, es llevado al campo para ser reasignado. Le conducen al edificio de gobierno donde le espera el topógrafo. El escolta llama a la puerta y la abre en cuanto escucha el «pase». El teniente está anotando algo en un papel. En una mesa contigua, más pequeña, un soldado escribe a máquina. Cuando la puerta se abre, ambos levantan la vista y miran a Leva. «Acércate —le dice el topógrafo—. Desde hoy vas a trabajar para mí. Harás cuanto te pida, de manera rápida y eficaz. Sé perfectamente que puedes hacerlo. Te han reasignado a mí por mi expreso deseo. Asumo mucha responsabilidad teniéndote aquí. No me defraudes o, si no, ya sabes lo que te espera.» Leva está de pie con las manos esposadas por delante y la mirada perdida en algún lugar entre el techo y la pared que hay tras el topógrafo. No da señales de haber entendido lo que se le dice, ni tan siquiera de haberlo oído. El secretario contempla la escena con actitud tensa. Aunque es la primera vez que ve a Leva, deduce por su aspecto que procede del campamento de los leñadores.

—¿Entiendes lo que te he dicho?

El secretario aguarda expectante con los dedos suspendidos sobre las teclas.

—¿Lo entiendes?

El tono del topógrafo es ya impaciente ante la inmovilidad del prisionero. Nunca le ha oído decir una sola palabra y no espera que lo haga ahora. Simplemente necesita algún gesto afirmativo que le permita continuar con su trabajo.

—¡Joder! Llevas media puta vida aquí. Deberías haber aprendido algo de nuestra lengua.

Leva sigue quieto. Tan solo sus pupilas se agitan nerviosas. El topógrafo empieza a arrepentirse de su intervención.

Está de pie, apoyado sobre la mesa con los nudillos. Los hombros y las piernas en tensión, como si de un momento a otro fuera a saltar sobre el escritorio y abalanzarse sobre Leva.

—Sí, señor.

El oficial respira y relaja los hombros. Aliviado pero también sorprendido al escuchar, por primera vez, la voz del que fue su asistente y por el que ha estado a punto de jugarse el puesto. El secretario sigue quieto, deseando que suceda algo más. Algo que poder contar en el comedor a los pocos camaradas que quedan allí.

59

Debo bajar a la iglesia antes de que los enviados del cónsul vengan a por mí. Ésa es mi determinación. La necesidad de estar allí, aunque no pueda ver nada. Aunque sepa que no voy a encontrar ropas tiradas, restos de arenques, el viejo sagrario profanado. Debo ir a respirar el aire de ese lugar y a contemplar sus muros porque, no me cabe duda, habrán quedado impresionados por la concentración del dolor y los chillidos de las madres que allí se dieron. Deben de quedar restos de las sombras de los hombres humillados, tirados como están con las cabezas cubiertas sobre el suelo liso y fresco. Leva quiere llevarse los dedos al rostro, valorar la herida, acariciarla, pero todavía tiene las manos atadas a la espalda y la cabeza cubierta con el saco. Siente la presencia de una masa de personas a su alrededor. Sus susurros, de nuevo el sudor agrio de los hombres, la tibieza de los muchos cuerpos reunidos. Por las resonancias del espacio supone que están en la iglesia, algo que no tarda en constatar al tantear con los dedos las losas a su espalda. Las juntas rellenas por una fina lechada. Unas losas cuyos motivos geométricos llevan toda la vida entreteniéndole durante las misas.

Tarda en ser plenamente consciente de la situación en la que se encuentra. Recuerda a los soldados subiendo hacia su huerto y el momento en que fue cegado. Además de la cara, siente el cuerpo dolorido por la penuria del cautiverio y por el esfuerzo de los primeros intentos por liberarse.

A su alrededor oye murmullos, llantos y gritos, seguidos por voces de los soldados. Los dolorosos sonidos de las culatas golpeando aquí y allá para silenciar los lamentos de la gente. «Aprended como yo he aprendido y callad —se dice Leva—. Hay algo en nuestra voz que subleva a los soldados.»

En medio del desconcierto, intenta encontrar la voz de su mujer o el llanto de su hija, pero la iglesia, con sus altas bóvedas y sus muros, lo transforma todo en un barullo indescifrable. Tumbado de costado, junto a los demás encapuchados, levanta la cabeza y orienta sus sentidos lo mejor que puede, pero le resulta imposible separar un solo hilo de aquella urdimbre infernal. Cuando ya no puede más, descansa posando la cabeza en el suelo y no sabe si sentir alivio o miedo por no haber podido identificar las voces de Teresa y de Lola. De nuevo las imagina a salvo, entre las tinajas vacías o en alguna majada del llano.

No quiere pensar en la parálisis de su mujer frente los gritos de los militares, ni en el lugar que podría estar ocupando en aquel coro de plañideras. No quiere imaginar, desde luego, lo que en verdad ha sucedido: que, bien temprano, los soldados han subido la calle pateando las puertas de las casas. A Teresa la han sorprendido en la alcoba, recién levantada, echándose en la cara agua de la palangana. Tan solo llevaba puesta la combinación de dormir cuando el primer soldado ha abierto la cortina que hace las veces de puerta del dormitorio.

Leva siente punzadas en la barriga y la cabeza yendo y viniendo sobre olas de plomo. Quiere gritar sus nombres, pero no se atreve por miedo a ser golpeado. Su primera renuncia. Nadie está por encima de sus propios tejidos. La sangre vertida sobre las losas de arcilla prensada creando nuevos y caprichosos motivos.

Los gritos de Iosif me sacan de mis pensamientos. Quiere comer y me lo pide groseramente. Me hará pagar mi bravuconada durante el resto de mis días. No volverá la paz a esta casa, ni siquiera aquella calma distante en la que vivíamos. Le llevo la comida a la cama, de donde no le he sacado en toda la mañana. El olor a orín es intenso. Dejo a su lado la bandeja con un plato de potaje a medio calentar y algo de pan. Lo miro. Siento que si le alimento es solo por compasión, porque ni siquiera él merece recoger la muerte que ha sembrado. Quiero pensar que no es culpable, pues, si lo fuera, ¿quién sería yo después de tantos años a su lado? De haberlo sabido antes, cuando todavía estábamos a tiempo, le habría deseado lo que a mí me ha ocurrido: la ruptura completa de la maquinaria, el colapso. No sé qué hubiera sido de él en ese caso, obligado siempre al enfrentamiento, incapaz de dudar. ¿Cómo podría haber sabido que sería mi debilidad la que me salvara? Y, ahora que lo sé, ¿cómo se lo habría hecho entender?

Nota que algo le presiona en los riñones. Otro cuerpo. Quizá el de su mujer. Susurra su nombre, pero no recibe respuesta. Tantea a su espalda con los dedos y cree tocar unas rodillas cubiertas por unos pantalones.

«¿Quién eres?», dice en voz baja. Silencio. «¿Quién eres?», repite elevando ligeramente el volumen de su voz. Las rodillas se retiran de su espalda y retroceden hacia la sombra en la que cada uno ha empezado a habitar.

La cabeza le suda y el contacto con el cáñamo del saco le produce picores insoportables, pero no puede usar las manos, así que roza la cabeza contra el suelo para que la propia fibra le alivie. Sin embargo, el deslizamiento sobre la malla de los cordeles trenzados le produce nuevos picores y, aun a sabiendas de que no le conviene, continúa rascándose hasta que la sangre brota. Tiene la boca seca, porque no ha bebido nada desde la mañana cuando, nada más llegar al huerto, había llenado un cacillo con el agua del arroyo.

De nuevo hace un esfuerzo por entender lo que está sucediendo, pero no llega a ninguna conclusión razonable. Unos soldados cuya lengua no comprende han aparecido de repente, le han golpeado y capturado sin mediar ofensa.

En las horas que siguen, imposible calcular el tiempo transcurrido, llora por su mujer y por su hija. Lo hace tratando de amortiguar las contracciones de su diafragma para no alertar a los soldados, que, a esa hora, ya han conseguido reducir la primera baraúnda imponiendo una calma frágil en la que ya no hay gritos ni llantos. Llora por ellas, pensando en la suerte que habrán podido correr y también por no haber estado a su lado cuando los soldados han entrado en el pueblo. Llora por no haber sabido que llegarían, por no poder soltar sus muñecas, quitarse el capuchón y matar siquiera a uno de ellos antes de ser molido a palos.

Entonces, sin haberlo decidido, empieza a gritar dentro del capuchón y a forcejear para tratar de liberar sus manos. En medio de la quietud y del sopor que ya amansa a la tropa, consigue primero arrodillarse y luego ponerse de pie. Tiene tiempo de gritar el nombre de su mujer, rompiéndose de nuevo la garganta. Con los brazos atados a la espalda, junto a aquellos hombres tirados por el suelo, parece un galeote entre los fardos de un muelle. Varios soldados dejan lo que están haciendo y se lanzan hacia él desde diferentes puntos. Corren por encima de la gente repartida por el suelo del templo y lo reducen antes de que pueda escuchar, a pocos metros de él, los gritos de su mujer.

60

En uno de los extremos del huerto ha dibujado una silueta en la tierra. Parece una bailarina sin cabeza ni brazos, o un embudo.

A media tarde llegan tres oficiales a la iglesia y los soldados que guardan la puerta principal se apartan dando taconazos al suelo. Los recién llegados se detienen ante la nave repleta de gente y solo los encapuchados y algunos niños no los miran.

Son un capitán, un teniente y un alférez. Durante unos segundos se quedan bajo el arco del pórtico. Allí el capitán se descubre y los otros, al verle, le imitan. El aire corre en aquella puerta como en ningún otro lugar del pueblo y a los hombres se les revuelve el pelo. Echan un vistazo al interior, donde, a pesar de que la luz ya es escasa, pueden distinguir las formas de la gente amontonada en los bancos y los pasillos. De la puerta mayor al altar apenas hay espacio libre.

Mandan llamar al sargento, que a esa hora duerme en la sacristía sobre un colchón de ambones apilados. Le ven salir de su dormitorio remetiéndose la camisa, con la chaqueta sobre un hombro.

Se reúne con los oficiales en el pórtico y los informa de la cantidad de personas allí retenidas así como del número de hombres, mujeres, niños y viejos. «Aquellos de allí —dice señalando a donde yacen los encapuchados— son los aptos.»

«Guíenos», ordena el capitán, y el sargento se aparta dando un taconazo y, con una leve inclinación, les indica el camino extendiendo el brazo hacia el fondo del templo. Intentan avanzar a lo largo del muro oeste, pero no pueden llegar muy lejos dada la cantidad de gente que abarrota hasta el último rincón de la planta. Entonces el sargento da una orden y varios soldados acuden para abrir paso al cortejo. A mitad de la nave el grupo se detiene porque al capitán le llama la atención el púlpito de hierro forjado, una y mil veces repintado de negro. Lo observa, como si estuviera solo, pasa la mano por el liso fuste de mármol que lo sustenta y luego cuela la cabeza por la escalerilla de caracol e incluso sube un par de peldaños para valorar más de cerca los materiales y sus formas. Luego, cuando su curiosidad queda por fin saciada, continúan su camino en dirección al retablo mayor, al pie del cual la gente se reparte por el presbiterio. De entre los cuerpos sobresale el altar de granito, vestido con un mantel blanco cuadriculado por los dobleces de la plancha. A base de gritos y de enseñar las culatas, los soldados consiguen que la comitiva llegue a su destino. El capitán se toma su tiempo para observar el retablo cargado de motivos dorados. En la credencia toma en sus manos algunos objetos litúrgicos y durante unos segundos los valora. El sargento se impacienta, deseoso de dar por terminada la visita y volver a su rincón en la sacristía. Incapaz de comprender por qué aquel hombre, a quien debe obediencia, puede entretenerse de aquella manera en una situación así. Por encima de ellos, vencejos de pechos oscuros vuelan haciendo quiebros entre nervios y claves, ajenos a las penurias de los hombres.

Con la iglesia casi silenciada, el capitán comienza a hablar en su lengua y cuando ha pronunciado algunas palabras se detiene y entonces el alférez traduce lo que ha dicho.

«Somos una fuerza pacificadora y no tienen nada que temer —dice. Y también—: Han sido reunidos en esta iglesia con la única intención de ser contados. En cuanto el orden sea restablecido podrán volver a sus casas.»

Se produce un murmullo general pero, esa vez, los soldados aguantan quietos y marciales. Nadie quiere mirar al lugar en el que los encapuchados se amontonan como mercancías. Su presencia contradice las palabras del alférez, pero no hay en la iglesia quien pueda denunciarlo. El capitán y su séquito asisten al cuchicheo y permiten que se prolongue durante un buen rato. Luego, cuando considera que ya es suficiente, el capitán eleva los brazos y pide calma con gestos, pero el alboroto no se atenúa.

Traen al único hombre del pueblo con las manos libres y la cabeza descubierta: el secretario del ayuntamiento. Cuando lo ven aparecer por la puerta mayor, las mujeres le llaman por su nombre y le preguntan por sus maridos y por lo que está pasando. Le agarran de la chaqueta y él trata de calmarlas hasta que los soldados las apartan a golpes.

El capitán le recibe en el presbiterio y, a través del alférez, le transmite órdenes precisas. El secretario levanta los brazos y hace gestos para que la gente se calle y, entonces sí, el jaleo va remitiendo hasta que todo el mundo atiende. «No tengáis miedo —les dice—. Estos soldados han venido a pacificar España. Los envían las autoridades de Madrid. Están aquí para ayudarnos.»

La mayoría de los allí reunidos son analfabetos y, más allá de la figura del gobernador civil, no saben quiénes son esas autoridades de las que el secretario habla. El capitán comunica nuevas órdenes que el secretario expresa lo mejor que puede. «España ha sido atacada y nuestro gobierno ha pedido ayuda a nuestros aliados. La situación está bajo control. De momento, mientras terminan su trabajo, os van a llevar al Huerto de las Guindas, donde los soldados han montado un campamento con enfermería y un comedor. Allí las familias podrán reunirse y cenar y luego os traerán de vuelta a vuestras casas. Ahora tenéis que estar callados para que los soldados os organicen.»

El murmullo regresa. Hay incluso quien sonríe, porque todavía alberga la esperanza de que aquella violencia sea, como mucho, un exceso de celo por parte de los militares. Algo necesario para la organización de tal cantidad de gente desconocida y dispar.

61

Me detengo en el Pilar de la Cruz, como tantas veces, para que la yegua abreve. El animal moja la lengua en el agua oscura con Leva recostado junto a sus cascos, a punto de ser molido a culatazos. Todo lo que me rodea, el pilar, la recurva, el cercano castillo, los caminos, está ahora ocupado por sus sombras, que llegan al pueblo custodiados desde los campos. Los conducen al templo, un corazón que late del revés, absorbiendo los fluidos, y que ya solo bombeará una vez más.

En la calle del Duque la gente me mira al pasar. Saludo con la cabeza mientras siento sus ojos en mi espalda. En las rejas hay ya banderolas y estandartes. Todo está dispuesto para el Jubileo. En el que fuera el Rincón de la Cruz, una plazuela en la parte baja de la calle, ondea nuestra bandera sobre la columna de granito. Imagino los cantos de los zapateros, sentados en los escalones en pendiente. Rodeados de piezas de cuero y leznas que afilan en la piedra de molino que se levanta tras la columna.

Me apeo en la plaza de España, donde algunos conocidos toman un aperitivo en los veladores. Noto que también ellos me siguen con sus ojos cuando desmonto y apersogo a *Bird* en la reja de la iglesia. Podría entrar en el templo a la carrera, escabullirme, pero prefiero detenerme delante de la portada y dedicarle una mirada al san Bartolomé que la corona. Lleva su cuchillo en alto, pisa a Belial. Sus imágenes, nuestras armas.

Me siento en el último banco para poder contemplar la nave, los altares barrocos, las pilas de agua bendita como conchas invertidas. Cualquiera de los pocos ruidos procedentes del pueblo se mantiene aquí suspendido y si alguno entra por la puerta abierta, queda al momento recogido en el cortavientos de madera oscura. A mis pies está el reclinatorio del banco anterior. Debería arrodillarme sobre él, guardar mi cabeza entre las manos y pedir perdón. No a este Dios indolente que me mira sino a ellos. Pero ellos no están. Solo él, Leva, viejo elefante. Y a él me agarro en silencio, despedazada, sola con él.

Poco después de que el capitán y sus acompañantes hayan abandonado esta nave, llega el primer camión. Un vehículo con caja de madera cuyas ruedas, de caucho macizo, están montadas sobre llantas de radios fundidos. Han dispuesto sacos terreros y tablas en los escalones de la portada lateral que da a la Corredera para formar una rampa y poder así meter el vehículo hasta la misma entrada. Luego, en una maniobra abrupta, reculan el camión y lo suben sobre la tosca pendiente. Crujen las maderas y se prensan los sacos bajo ellas. Al camión le cuesta encarar el primer tramo y tienen que meter más tablas y nuevos sacos para hacer más suave el arranque de la rampa. Por fin, cuando tienen el camión empotrado en la portada, los soldados de dentro abren las hojas y, por primera vez en muchas horas, los cautivos reciben el aire de la calle. Se forma un revuelo al ver allí, apretada, la caja del camión. Por encima de ella, ven el cielo oscurecido, cargado de estrellas parpadeantes.

Con la salida bien taponada, abren los cierres y dejan caer la portezuela, que, además, bloquea el único posible escape: entre las ruedas. El sargento empieza a dar órdenes y los soldados van separando a un primer grupo de cautivos, el más cercano a la puerta, para que suban al camión. Lo hacen contando cabezas y cortan allí donde se termina el cupo que les han ordenado para cada viaje. Las mujeres aúpan a los niños, que, liberados, corretean mientras tienen espacio y dan patadas a las tablas que suenan como un escenario. Luego, ante la mirada de los soldados, ayudan a los ancianos a subir.

Cuando el camión está lleno, dos soldados suben la puerta, ajustan los cierres y palmean la caja. El motor arranca y una nube de humo negro es expulsada hacia el interior del templo. Todavía tarda unos segundos el camión en ponerse en marcha, metiendo, a base de acelerones, más humo en la nave. Tienen que dejar las puertas abiertas durante un buen rato para que el aire vuelva a ser respirable.

62

El sacerdote aparece por la puerta de la sacristía y camina hasta el presbiterio. Cambia objetos de lugar, dobla un paño y luego camina hacia el ambón, donde hojea un libro. Solo repara en mí cuando levanta la vista tratando de ver algo en el órgano que hay a mi espalda. Lo veo acercarse y compruebo que no ha envejecido mucho desde la última vez que lo vi. Está claro que los sufrimientos del pueblo de Dios no arrugan tanto la carne como los de la propia familia. Al principio me confunde con otra dama. Señora Sommer, me llama. Le digo quién soy y, más curioso que azorado, toma asiento junto a mí. Me pregunta por «el coronel» y lamenta que haga tanto tiempo que no voy por la iglesia. Debe de ser la única persona de la colonia que no está al corriente de los rumores, que no cuchichea, que no tiene una opinión malévola sobre mí. Incluso, pobre hombre, se interesa por la salud de Thomas. Luego, pasando por alto su torpeza, me invita a orar por su memoria y yo, que he empeñado mi vida en recordarle, que lo veo en cada rincón de la casa, me recojo junto a él y dejo que los gritos de los hijos que aquí estuvieron reverberen en mis oídos.

Tampoco él sabe nada. Solo rumores y habladurías. Me dice, como Pilatos, que España ya estaba pacificada cuando él llegó. Yo me muestro piadosa, desvalida, necesitada de su consejo, y poco a poco las habladurías toman forma. El templo se oscurece y desde una esquina no muy distante llegan los lamentos del grupo de cautivos pidiendo agua. Hace tiempo que partió el último camión en dirección al Huerto de las Guindas. Desde entonces, la iglesia se ha ido llenando de soldados en busca de un lugar en el que pasar la noche. Los que llegan pronto, igual que ya hiciera el sargento, sacan los ropajes litúrgicos de la sacristía para usarlos a modo de esterillas. Durante las primeras horas, con el capitán todavía por llegar y los reos abarrotándolo todo, los soldados habían cuidado las formas. Luego, a medida que el templo se fue vaciando, comenzó el pillaje. El que pudo se llevó una patena o unas vinajeras bruñidas y hasta la cucharilla de la naveta. Ni rastro ya del cáliz que el sargento guardó en su petate después de forzar el sagrario apalancando la puerta con su machete.

En el pedestal sobre el que se apoya la imagen de santa Genoveva, las manos, pies y cabezas de cera entran y salen de la penumbra al ritmo nervioso de las velas que quedan encendidas. Solo cuatro soldados están despiertos haciendo su turno de guardia. Hablan sentados en los bancos próximos a los reos. Han estado ignorando sus quejidos durante mucho tiempo pero llega un momento en el que uno de los cautivos, incapaz de aguantar más la sed, se incorpora y comienza a pedir agua protegiéndose la cabeza de los posibles golpes. «Agua —dice—. Por Dios, agua.» Algunos soldados protestan desde la oscuridad. Chistan para que cese el alboroto, y uno que está medio amodorrado allí cerca se levanta y en cuatro zancadas se planta delante de los centinelas y les habla con autoridad dándoles golpes en la espalda. Señala a los reos apremiando a sus camaradas para que les den de beber de una vez y que se callen. Nuevas voces ordenan silencio y ya están a punto de despertar al sargento cuando uno de los soldados sale del templo y al momento regresa con un cántaro y una lata.

Como han recibido la orden de no quitarles los verdugos bajo ningún concepto, tienen que darles de beber a través de los sacos. Uno de los soldados lleva la garrafa y otro agarra al reo por la nuca y le coloca la lata contra el tejido allí donde supone que tiene la boca. El agua empapa la arpillera y corre pecho abajo formando charcos sobre los arabescos de las losas.

Poco antes de amanecer, una pareja de soldados va de hombre en hombre para cambiarles las ataduras. Les cortan el cabo de las manos y se las vuelven a anudar por delante y, cuando los tienen listos, mandan llamar al alférez, que todavía tarda un buen rato en llegar.

Clarea ya en los ventanales cuando el oficial aparece. Les cuenta que todavía estarán allí algunas horas y que no deben preocuparse por sus familias porque están bien atendidas. Les dice que pronto volverán a recuperar la normalidad.

«Comerán encapuchados. Cualquier intento de quitarse el saco será castigado», dice. Sus palabras quedan suspendidas por unos instantes en el aire profanado.

63

Pasan todavía varias horas recluidos en la iglesia. Afuera los camiones siguen yendo y viniendo y su rumor, aunque atenuado por los muros, se cuela en el interior. Algunos arrastran remolques, y otros, cañones montados sobre cureñas de madera bien pintada.

A mediodía les dan una nueva ración de alimento: pan, arenques secos y vino de pitarra que los militares han saqueado de Casa Mateo, el colmado próximo. Un soldado les entrega un mendrugo de pan y un arenque, y otro, que llevaba una garrafa forrada en mimbre, va escanciando vino en cacillos de aluminio. Al oír el líquido romperse contra el metal, los hombres sueltan la comida y palpan el suelo en busca del recipiente pensando que será agua. Casi todos beben aquella primera ración con ansia. Abren la boca y la arpillera se les mete dentro y hay quien se atraganta y quien, contrariado, escupe el vino. La mayoría se deja llevar por aquella bendición y engulle sus arenques a toda prisa. Se meten el pescado tieso por entre el cuello y el cordel que ciñe el saco y así lo manipulan con más o menos acierto. Los soldados ríen viéndolos comer con la cabeza cubierta y las muñecas atadas. Se burlan de ellos mientras se pasan una bota de vino de la que chupan como si fuera un biberón. Los prisioneros continúan comiendo hasta que vacían el tabal. Cautivos, con la cabeza tapada, no son capaces de interpretar el hecho de que, cada vez que sus cacillos se vacían de vino, son llenados de nuevo. Y así beben hasta hartarse y uno por uno van cayendo amodorrados, algunos con el saco repleto de espinas y cabezas de pescado cuyas escamas doradas brillan igual que delicadas lentejuelas de nácar.

64

El modo en que el cura me habla de lo que sucedió en este mismo templo, intercalando su relato con digresiones, ocurrencias y hasta bromas, me hace sentir repugnancia. Le interrumpo para incidir, por ejemplo, en las capuchas o en el modo en que, según él mismo me cuenta, fueron alimentados. «¿No le parece humillante?», le pregunto. «Pequeños detalles sin importancia», me dice. Me pide que no me escandalice, que no es para tanto. Que muchos de esos hombres, de no haber sido apresados, habrían conspirado contra el Imperio. «Les hemos traído el progreso. Sepa que, sin nosotros, seguirían viviendo como salvajes.» Me viene a la memoria la primera vez que vi de cerca la cara del hombre. *Salvaje* sería un buen adjetivo para describir aquel rostro cruzado de cicatrices. En cualquier caso, prefiero dejar pasar por alto los comentarios del cura. Quiero que me cuente lo que sabe. Completar un relato desde el que entender, por ejemplo, por qué no hubo entre ellos, en esta misma iglesia, hombres que estuvieran dispuestos a gritar. Lo sencillo sería pensar que no es posible un buen vino en una mala barrica. Que la madera de esta tierra ha sido curvada para contener lo esencial: trabajo, abnegación y fatalismo. Ni valentía ni heroísmo. Esos atributos nos los reservamos para nosotros. Sin embargo, en el hombre del huerto hay sentimientos de otra calidad. Vínculos que enlazan a las personas con la tierra en la que han nacido. Emociones nunca reveladas que de nada les sirven ahora, ahogadas por la extraordinaria violencia con la que nuestro ejército los trata. Les dan patadas, al caer la tarde, para despertarlos. Casi todos siguen borrachos y se dejan hacer. Con más voces y golpes consiguen que se pongan en pie y juntos, como un grupo de sátiros de vuelta de una orgía, van dando tumbos hacia el camión. Suben a la caja con dificultad, algunos arrastrándose por las tablas. También allí hay ropa tirada por los rincones y latas y excrementos, pero casi ninguno repara en ello.

Antes de emprender la marcha, un soldado les ordena con gestos que se sienten en el suelo. Cierra las puertas, palmea la caja y el camión arranca haciendo que los prisioneros caigan unos sobre otros.

Hacen el mismo camino que el resto de sus paisanos. La calle de Nuestra Señora de Guadalupe, empedrada con lajas de pizarra encajadas de canto. Los burros se agarran a esos biseles cuando van cargados. Meten la punta de los cascos y ascienden seguros incluso en los días en que las calles canalizan las lluvias.

De no haber estado borracho y encapuchado, Leva habría ido trazando mentalmente el camino que tomaba el camión hasta llegar al Huerto de las Guindas. Habría sabido incluso el momento en el que pasaban frente a la puerta de su casa. De haber podido verla, le habría sorprendido que la puerta estuviera abierta de par en par, no entornada como es costumbre en los pueblos sureños. Su casa, igual que las demás en aquella parte del pueblo, está asentada sobre la ladera que mira a la llanura. Desde la puerta de la calle arranca un pasillo que desciende hacia el corral posterior. Las bóvedas son curvas y en ellas la cal se desportilla por la humedad proveniente de los techos fisurados. Las vistas desde allí son majestuosas. En los atardeceres de verano, el sol amarillea el cielo por poniente. Un convoy militar avanza hacia el suroeste por la carretera de Badajoz.

65

Hacia mediados de septiembre el cielo se revuelve. El viento trae nubarrones desde la parte de Almendralejo y los amontona hasta que se funden en un plano gris por encima del cual el cielo restalla. La yegua piafa en la cuadra y las gallinas aletean nerviosas. Las primeras gotas revientan contra el fino polvo del camino sin penetrar en él. Esferas de agua sobre el suelo, sucias de arena triturada.

Lo encuentro sentado entre los bancales. De sobra sé que no entrará en la casa y por eso le propongo que se refugie en el porche o en la cuadra. «Esta agua no le sentará bien», le aviso con el viento revolviéndome el pelo. Me responde tumbándose boca abajo, con el pecho en la tierra ya humedecida. El aire es pura fertilidad, envuelve la piel, la ilumina. En él podrían crecer flores y hasta cosechas de cereal.

Bajo la puerta veo las gotas caer desde el alero del

porche. «Es solo agua —pienso—. Ha soportado años trabajando bajo la nieve y el frío y esto es tan solo una tormenta en el septiembre sureño.» Eso es lo que me digo; que no enfermará por pasar un par de horas bajo esta lluvia vivificante.

66

A las once de la mañana, tal y como se me había notificado, un sargento y dos soldados de la guarnición se presentan frente a la cancela, donde, desde hace rato, yo los espero. Agarrada a los barrotes he visto aproximarse, bamboleante, el carruaje: un vehículo de dos ejes y cuatro mulos, absolutamente inadecuado para subir hasta aquí. Es obvio que así el cónsul me muestra sus respetos por ser quien soy, pero también me hace notar la gravedad de nuestro encuentro. Lo cierto es que ahora, con su boato, tendremos que seguir camino arriba, hasta la mina romana, para poder encontrar un apartadero en el que dar la vuelta con semejante carromato. Cuando el sargento me tiende la mano para ayudarme a subir a la cabina, me fijo en sus ojos y, aunque él me devuelve una mirada respetuosa, no puede evitar un gesto de fastidio. Por la seriedad con la que le he mirado pero, sobre todo, porque han debido de pasar grandes apuros para hacer tirar del carruaje hasta aquí a los mulos.

En realidad, la distancia hasta el castillo en línea recta no es mucha. Yo misma puedo verlo desde el porche de la casa, pero el camino, obligado a retorcerse sobre cada pequeño valle, se hace eterno. Las ruedas dejándose caer por los escalones de pizarra de la vereda, la alta cabina que me zarandea mientras me agarro al banco. Debería haber solicitado que se me permitiera cubrir el trayecto en mi yegua. Un animal que me conoce como nadie, que tantea con sus manos herradas los baches y que les ahorra muchos dolores a mis huesos de vieja. «Usted sabe, señora Holman, que esos caminos sufren constantes desprendimientos —me habría dicho el cónsul—. Jamás me perdonaría que hubiera usted sufrido un percance viniendo sola.» En tal caso, si de tranquilizar al cónsul se tratara, bien podría haber hecho el viaje con el sargento tirando de la cabezada y los dos soldados detrás, pero hay una solidez en las costumbres y las formas que al Imperio le llevará siglos sacudirse. Lo que emane del castillo ha de desprender un vapor de grandeza. Algo que podría entender si nos encontráramos en la capital pero que aquí resulta exagerado y vacuo.

Para esperar al cónsul, me hacen pasar al salón de baile. El antiguo suelo de pizarra ha sido cubierto con tablas de oscura teca sobre las que han girado las más distinguidas damas. Aquí todas nuestras jóvenes, sin excepción, han cumplido con el rito de entrar en sociedad. Hay una penumbra que los brocados acentúan, como si, además de los sonidos, absorbieran la luz.

Cuando, por la mañana, esperaba a que los emisarios del cónsul vinieran a por mí, no he dejado de oír las toses. No debí permitirle quedarse bajo una lluvia que duró mucho más de lo que yo suponía y, posiblemente, de lo que su cuerpo es capaz de soportar. Pero ¿qué podía haber hecho? ¿Amarrarlo a *Bird* y arrastrarlo hasta la cuadra?

Oigo un taconeo aproximándose decidido al otro lado de la puerta. Noto mi corazón latiendo a gran velocidad. Sé lo que temo y por qué me sudan las manos. Sé cómo se las gasta el refinado y amable cónsul que nos gobierna. Cómo, en su presencia, toda afirmación o cuestión discurre siempre por caminos circulares.

Han pasado meses desde la última vez que lo vi. Calza espuelas de plata sobre unas botas cuya forma conozco perfectamente. Toma mi mano, se lleva el dorso a los labios sin llegar a posarlos. Yo inclino la cabeza ceremoniosamente y dejo que mi mirada se cargue de candidez y sumisión. Me pregunta por el estado de salud de Iosif. Si evoluciona en algún modo o si sigue *postrado*. Ésa es la palabra que ha utilizado. «Es una pena —se lamenta—. Con lo vital que siempre ha sido.»

Me habla del salón en el que estamos, de los bailes que allí se celebran todos los años y que tan bien conozco. «Por cierto —me provoca—, ¿podremos contar con su presencia en las celebraciones del Jubileo?»

Cada vez que me he cruzado con él desde que vivo en las colonias, ha recreado para mí los días en los que conoció a Iosif. «Fue en Semna», vuelve a contarme, como si yo no lo supiera. Acababan de licenciarse en la academia de suboficiales y aquella retaguardia era su primer destino. Sé perfectamente por Iosif que este cónsul nunca llegó a la primera línea. Que nunca desenvainó el sable ante ningún enemigo. Que lo más cerca que estuvo de la muerte fue durante un viaje que tuvo que realizar a Jartum para entregar un comunicado. Su caballo perdió pie y él cayó por un pequeño terraplén rasgándose un costado con unas rocas. En las recepciones y los bailes, es conocida su tendencia a iniciar conversaciones que, inevitablemente, terminan en la cicatriz que atraviesa sus costillas de arriba abajo. Los años transcurridos y su vanidad han transformado el accidente en una hazaña bélica.

Está turbado y, aunque es obvio que no es plato de gusto para él, hay un exceso de teatralidad en sus formas. La manera en que se ha sentado en el borde de la silla al modo de una señorita recatada o el gesto de envolverse las manos con movimientos circulares, como si se las lavara. También sus pausas o el tiempo que se ha tomado y las historias que me ha contado hasta pedirme, por fin, que me sentara.

—Es muy embarazoso para mí decirle lo que tengo que decirle.

Sus palabras quedan suspendidas. Una nueva pausa dramática que, de no estar sujetos a las normas de la cortesía, merecería un bofetón por mi parte.

—Espero me comprenda —continúa.

Se ha echado un poco más hacia delante al decírmelo. Aunque estamos solos en el gran salón, parece que fuera a confesarme un delicado secreto de Estado.

—La he hecho llamar, señora Holman, para que desmienta ante mí los rumores que dicen que ha acogido a un indígena en su casa.

Me mira. Sus ojos rebosan compasión, porque, pudiendo haberme ocasionado innumerables molestias, ha optado por hacer uso de sus prerrogativas y evitarme el trago de tener que vérmelas con la ley. Solo tengo que negar y no volveré a ver al cónsul hasta dentro de mucho tiempo. Así de sencillo.

Sin embargo, han pasado tantas cosas desde que ese hombre llegó, que no puedo hacer lo que me pide. Quizá, de haberme citado unas semanas antes, incluso habría agradecido que alguien se hiciera cargo de él. Como tantas veces, habría mirado para otro lado y, en unos días, cualquier intuición que hubiera podido tener sobre él se habría esfumado y yo habría regresado, tranquila, al cuidado de mis flores.

67

Toser y escarbar. A eso dedica su tiempo. Le pregunto por sus intenciones y, por supuesto, no recibo respuesta. Se pasa las horas con una alcotana golpeando débilmente el suelo del huerto, allí donde dibujó su extraña bailarina. Ya ni siquiera es capaz de elegir la herramienta adecuada. Un escardillo de los que uso para remover la tierra de los geranios hubiera sido más conveniente. Sin embargo, ahí sigue, a ratos de rodillas, a ratos recostado. Golpeando el suelo, separando la tierra con las manos y disponiéndola con cuidado, en los contornos de la primera silueta.

Así está, una tarde, cuando le acerco la bandeja con la comida. Detiene sus trabajos cuando me siente. La alcotana queda suspendida y él como aguzando el oído. Solo tiene que darse la vuelta y verme con la comida en las manos. Estoy a dos metros de él. Se gira y detiene sus ojos en los míos. Y yo me quedo quieta porque hay algo en ellos que nunca he visto. Ni en él, ni en nadie. La mirada de un niño al que una cometa encandila. En el fondo de sus cuencas vacila una seda incandescente que me inflama. Noto cómo se me humedece la mirada y el labio me tiembla. Mi cabello es de ceniza y nada de lo que sé ni de lo que siento me sirve para cubrirme en este estado de desnudez.

Y entonces se gira y vuelve a dejar caer la herramienta sobre el suelo y yo me quedo de pie, a su espalda, con la bandeja en las manos, temblando. Su embudo, o su bailarina, tiene ya dos palmos de profundidad.

68

—Sí, es cierto. Tengo a un lugareño viviendo en mi finca.

Mi respuesta prolonga indefinidamente mi estancia en el salón y puede que en el castillo. Si el cónsul fuera un hombre dado a aplicar la ley de manera estricta, debería proceder a mi inmediata detención para ser puesta a disposición del magistrado, cuya llegada yo debería esperar custodiada por una guardia. Enviarían a mi finca a un agente judicial con varios soldados, la registrarían y regresarían con el hombre a rastras. Yo perdería mis derechos coloniales, una fortuna en sanciones y él sería colgado por el cuello en la Corredera.

—Señora Holman. Quizá no ha entendido bien mi pregunta. Disculpe mi torpeza. Sin duda me he expresado mal.

—He entendido perfectamente su *acusación*.

Veo la irritación brotar en el fondo de su mirada y en la forma en la que sus sienes se tensan.

—Aquí nadie ha hablado de acusación.

Hace un enorme esfuerzo por serenarse, por dejar que se desinfle el globo de su ira. Respira hondamente, entrecierra los ojos. Cualquier cosa con tal de no levantarse y abofetearme como, sin duda, desea hacer. No debería haberle conducido a esta situación. Soy consciente de lo provocadora que le resulta mi actitud, pero hay mucho en juego y no me siento dueña de mis respuestas. Él puede soportar la idea de verse interpelado por otro hombre porque entre caballeros se da una dialéctica sobradamente ensayada: charlan, discuten, vociferan y, llegado el caso, pelean y hasta se baten en duelo. De todas esas posibilidades disponen. Pero yo soy una mujer y le estoy desafiando. A nosotras, en los bailes, se nos permite opinar sobre pintura o música siempre que no superemos en brillantez o elocuencia a los hombres que haya en el corro, aunque la mayoría de ellos no sean capaces de diferenciar una sinfonía de una polca. Se nos está permitido hablar de política siempre que sea para refrendar las opiniones de nuestros esposos y, especialmente, para aportar al discurso imperial una dimensión maternal. Gusta mucho que seamos nosotras las que nos refiramos a los soldados como «hijos de la patria» o «nuestros muchachos», dando a entender que cualquier joven que lucha por el Imperio es nuestro hijo también.

69

Cada día, antes del amanecer, recorre las estancias de la casa de oficiales limpiando estufas y chimeneas. Con la ayuda de un badil separa las cenizas de los carbones que no se han llegado a consumir. Generalmente siempre quedan ascuas de la noche anterior. Leva las arrincona y sobre ellas coloca astillas y piñas secas. Abre los tiros y, para cuando termina su ronda de limpieza, en la mayoría de las estufas ya ha prendido el fuego. Entonces dispone los troncos necesarios, ajusta las entradas de aire y hace un último recorrido para asegurarse de que todo está en orden.

Tarda semanas en acostumbrarse a su nueva indumentaria y a los hábitos de higiene que se le exigen para poder estar en presencia del personal militar de mayor rango. Tras muchos años cubriéndose con ropa descosida, cambiándola solo cuando otro hombre moría, atándose los pantalones con cuerdas, sentir las estrecheces de la propia talla le resulta incómodo.

Su atuendo, si no impecable, tiene que estar limpio y en buen estado. Si una prenda se rasga o se descose, debe ser llevada a los sastres para ser remendada. Son tres hombres del mismo país, o de la misma lengua, que pasan el día en un cuartucho cosiendo galones, ajustando charreteras y entallando camisas. Siempre que Leva pasa por su puerta los oye cantar. Cada uno encorvado sobre su labor, con dedales y acericos en los antebrazos. Entonan las melodías lánguidas que él escuchó por primera vez en el camión que le llevó hasta allí. Alguien que subió en alguna de las paradas comenzó a cantar en algún lugar indeterminado de la oscuridad, entre los cuerpos amontonados. Una nueva voz se sumó y luego, como una bola que golpeara a otra, fueron llegando más voces. Canciones que, a fuerza de ser repetidas una y otra vez, resultaban balsámicas incluso para él, que no las entendía. Ahora otros hombres, o puede que los mismos, alivian la fatiga con sus cantos. Desalojan la humedad de los huesos de Leva, lo paralizan. Mientras los escucha, cesa su murmullo y sus pupilas se detienen.

Al principio duerme en su antiguo barracón, junto al resto de prisioneros. Pero sus nuevas ropas son objeto de codicia por parte de los otros y son muchas las noches en las que tiene que patear al aire para evitar que le quiten los pantalones o las botas. Se despierta incluso antes que los trabajadores del aserradero y la planta de tratamiento. Un centinela le abre la puerta y lo conduce hasta su lugar de trabajo. Luego, cuando los demás duermen, después de haber limpiado las estancias, regresa al cercado. Pasa el día solo, masticando su locura, ensimismado. Su figura es mansa y hacendosa. Al principio, su único encargo es el cuidado de las chimeneas y los fuegos. El resto de la jornada lo pasa cumpliendo o esperando órdenes del topógrafo. Tiene prohibido alejarse del espacio limitado por el cercado, la casa de oficiales y los edificios de gobierno y trabajo. Allí donde va, siempre hay un centinela que le tiene a tiro.

Con el paso de las semanas, al cuidado del fuego se van añadiendo nuevas tareas. Tiene que acarrear agua, pulir cubiertos, hacer que el samovar siempre tenga el agua hirviendo o reparar faroles.

Apenas ve al topógrafo, que pasa largas temporadas fuera del campo, pero su protección es ya innecesaria porque Leva ha pasado a integrarse en lo que le rodea. Tan solo sus murmullos son objeto de alguna burla cuando entra en el comedor en medio de la cena. Se ríen de él cuando, por ejemplo, se queda quieto junto a la estufa con una brazada de leña. Algo, al otro lado de las ventanas, le embelesa: copos que caen como plumones o la luz del crepúsculo que enciende los carámbanos que penden de los aleros. Quizá la cornamenta fabulosa de un macho de ciervo, allá, entre los tocones. Alguien le despabila de un golpe en la espalda. La leña cae a los pies y todos ríen.

Los últimos leñadores que quedan en el campamento del bosque regresan a principios de otoño. Arriba queda un puñado de soldados encargados de vigilar las instalaciones y la maquinaria, a la espera de su desmantelamiento definitivo.

Los que han vuelto pasan el día en el cercado, puesto que ya no queda trabajo por hacer. A medida que la producción sale y van quedando transportes libres, los que están en condiciones de seguir trabajando son subidos en los camiones y sacados del valle. A finales de octubre solo queda una docena larga de cautivos, la mayoría ancianos y enfermos.

Murmura cuando camina, mueve la cabeza espasmódicamente. Algunas noches, mientras duerme, grita y se convulsiona. Alguien que no es Teresa, que no tiene su cara ni su cuerpo, que ni tan siquiera es una mujer, puede que ni un ser humano, camina sobre cenizas. No es posible distinguirla del fondo, pues sus ropajes son del color del grafito. Tampoco oír sus pasos, amortiguados por la alfombra gris. Pero hay un momento, un instante apenas perceptible, en el que su piel refleja el fulgor final de un ascua a punto de apagarse. Entonces cree reconocer a ese alguien que no es Teresa pero que participa de su mismo ser. El manto de grafito vuelve a disolverse en las cenizas pero ya no es igual porque, al despertar, aunque no pueda ser consciente de ello, hay algo en él capaz de volver a prender el fuego.

70

Trato de apartar de mi mente lo que ahora sé, lo que ese «indígena», como él lo llama, me ha insinuado o incluso lo que, explícitamente, me ha hecho saber el teniente Boom. Y ahora estoy aquí, provocando al todopoderoso cónsul. Con cada palabra que digo, dilapido el crédito del que disponíamos. El intachable historial criminal de Iosif al servicio del Imperio nos otorgaba una posición confortable.

—Señora Holman, voy a volver a hacerle la pregunta y espero que esta vez sepa responder de un modo más conveniente. No tengo ninguna intención de molestarla ni de complicarle la vida. Hago lo posible por estar de su lado, pero usted no me lo pone fácil. Insisto, ¿es cierto que tiene a uno de *ellos* viviendo en su jardín?

—Es cierto.

—¿Es consciente de que me obliga a tomar medidas?

—Haga lo que crea conveniente.
—¿Es consciente de que se enfrenta usted a una pena de reclusión?
—Sí.
—También a la expropiación de su finca.

Frente al cónsul intento aparentar serenidad y creo que lo consigo. Trato de no parecer nerviosa ni sorprendida. La espada ha cruzado la línea que nos separa. No he sido yo quien se la ha entregado sino él, con su asombrosa capacidad para el control de ésta y de todas las situaciones, quien la ha tomado. He aquí un hombre curtido en el poder, dotado de los atributos del mando. Incapaz de entrar en batalla, de apuntar con un fusil a un hombre y dispararle, pero sinuoso e intrigante en los pasillos. ¿Hay algo que yo pueda hacer contra él? ¿Algo que me salve? Mi única ventaja es que él no entiende mis motivaciones. En su lógica, y en la de cualquier persona cuerda, la cárcel es sin duda menos deseable que la pérdida de un bien material, aunque sea una finca. A partir de este momento, supongo, hará lo posible por amedrentarme con relatos carcelarios. «Una mujer de su posición —dirá—. Será un escándalo. Usted, nacida entre algodones, criada en el seno de una familia noble, habrá de dormir sobre un catre de sucia lona. Usted no conoce lo que es el frío. ¿Sabía que en el pan anidan los gorgojos? Hay quien los prefiere a la propia miga. Tendrá que matarlos, para eliminarlos o para engullirlos. Usted, señora Holman, que bebe el vino en copas de finísimo cristal, habrá de darse la vuelta como un calcetín y soportar la zafiedad de rateros y putas.» Quizá me obsequie con una visita guiada a la guarnición. Saldremos al patio de armas, los hombres se cuadrarán, me harán entrar por una puerta húmeda y podré ver con mis propios ojos unas auténticas mazmorras. Quizá así se me quiten las tonterías.

Hubiera preferido librar esta batalla en nuestro salón. Allí me habría apoyado en la visión de los libros. Cada lomo emite una luz que yo percibo claramente. Su cercanía y la visión de la Tierra de Barros me habrían dotado de la claridad y del coraje necesarios para tratar con el cónsul. Me habría dejado aconsejar por Séneca. Él me habría apaciguado. Allí, con nuestros licores, bajo las maderas talladas del techo, habría dominado a este hombre irritante. Pero estamos aquí, él me ha llamado. Con su carro y sus tapices, bajo las altísimas bóvedas de piedra de este salón, estoy a su merced.

71

El teniente Boom le manda llamar.

«¿Por qué te salvé? —piensa frente a Leva—. Le dije a aquel capitán rijoso que habías servido bien. ¿Es eso cierto? En verdad no lo sé. Eres uno de ellos, uno de tantos, y si me he fijado en ti ha sido, curiosamente, por tu silencio. No conozco tu nombre y ya no recuerdo el timbre de tu voz, pues únicamente te he oído hablar una vez. Hablar. Aquellas dos palabras. Te he hecho venir para decirte que abandonamos este sitio. Ya sabes que aquí ya no queda madera que talar. Las últimas traviesas aguardan para partir a quién sabe qué lugar, y después, nada. A mí me envían de regreso a mi ciudad. Podré volver a sentarme en los cafés de la avenida Imperial, lejos de esta pocilga.

»Tendría que decirte que a los pocos que quedáis aquí os vamos a abandonar a vuestra suerte. No sé quiénes son los demás. Solo te conozco a ti o, mejor dicho, solo te he tratado a ti. Durante años te he visto trabajar la madera y callar y supongo que no mereces morir aquí.

»Sería un milagro que llegaras al lugar al que te envío. Saldrás de este valle y viajarás hacia el oeste, hasta la capital de la prefectura. Con la carta que te daré, te presentarás ante el señor Swartz, un buen hombre. Si consigues llegar a él, te dará trabajo y alojamiento.»

72

Un cabo entra discretamente, se acerca al cónsul y le dice algo al oído. Al parecer, un asunto requiere su presencia en la guarnición. Me asegura que volverá en unos minutos. Tengo tiempo de levantarme y notar bajo mis zapatos la densidad de la madera oscura. Después de tantos años aquí pero, sobre todo, después de haber *convivido* con el hombre del huerto, de ver cómo pone sus manos en los troncos de los frutales. Después de observar durante semanas cómo repasa con la mirada las formas de los árboles, he tomado conciencia de ciertos detalles. Las tablas de este suelo, por ejemplo, mucho más largas que cualquiera de los árboles que crecen por aquí. ¿De qué lugar remoto las hemos traído?

73

Una mañana, mientras prepara el comedor para el almuerzo, ve por una de las ventanas cómo el topógrafo y otros tres oficiales se montan en un coche. Días después recibe la orden de subir al campamento del bosque para hacer llegar un mensaje a los soldados que allí quedan. Un oficial le entrega un sobre que Leva se guarda en el bolsillo interior.

Camina por la carretera vacía, donde hace tiempo que no se reparan los baches. No queda un solo resto vegetal donde quiera que mire. Aún no han comenzado las nevadas pero las noches son ya frías y el prado, al amanecer, está cubierto de escarcha.

A mediodía divisa los barracones del campamento. El aire está quieto. De una de las chimeneas sale un humo blanco y escaso que remolonea alrededor de la caperuza. La última vez que pasó por allí todavía crecía un bosque espeso más allá de las construcciones. Ahora, los tocones y las ramas se extienden en todas direcciones. Un paisaje inerte en el que el viento no tiene nada que agitar y del que los animales hace tiempo que huyeron.

Varios soldados duermen en el cuerpo de guardia. Dos están tumbados sobre los bancos corridos, dos en el suelo y otro recostado sobre la mesa como un estudiante agotado. Hay varias botellas de licor vacías a los pies de los bancos y sobre la mesa. Huele a humo. Durante largo rato espera Leva sin saber a quién tiene que entregar el sobre. No es la primera vez que ve a soldados borrachos, pero sí la primera que los tiene a su merced. Recorre la estancia con la mirada. La estufa tiene el tiro casi cerrado y el tubo está corroído. Las cartucheras con las pistolas cuelgan de los respaldos de las sillas. Hay fusiles en el armero abierto y un cuchillo de monte sobre la mesa. Junto a él deja su sobre.

Marcha valle arriba dejando atrás el campamento. No sabe a dónde va. Simplemente repite el trayecto que hacía con su grupo cuando subía a trabajar a las laderas. Pasará cerca del lugar en el que fue encontrado con el hacha en alto pero no lo reconocerá porque los recuerdos que es capaz de conservar, generalmente, se remontan solo a unos días y también porque el paisaje ha sido tan alterado que es imposible distinguir una torrentera de otra. Al atardecer alcanza los últimos tocones y allí, con la ayuda de un palo, excava un hoyo en una zona de arena removida. Tiene forma de embudo y en él se acurruca tapándose con ramas. Una uve de ocas grazna en el cielo camino de los humedales del sur. Leva se queda dormido como un salvaje, con el cuerpo en contacto con la tierra, solo, por primera vez en muchos años. Y allí donde está, sobre el humeante campo de batalla, es recogido por la madre, que le acaricia el pelo. Y él se deja tocar y nota su aliento y el calor de las profundidades, aquel vestigio de fuego original y sus latidos. Y en el sueño, es un niño caminando junto a una orilla y ve el cielo y la tierra reunidos, allá lejos, en el horizonte inalcanzable. Y no obtiene de esa visión otra cosa que consuelo, un instante de solaz, un rayo de sol iluminando el suelo empedrado de un patio, la sangre de los suyos, ancestros, hijos.

El sol entra en el valle y él lo ve desde la cumbre caliza. La luz horizontal que convierte las laderas en bambalinas azuladas. Tiene la ropa húmeda y tirita sin ni siquiera darse cuenta de que lo hace. Espera a que el sol se eleve y a que la luz penetre en los recodos del valle. Todo lo que se extiende ante sus pies está revuelto, abortado. Aguantan en pie, testigos de lo que el bosque fue, algunos arbolillos jóvenes que han escapado de las hachas por su escaso porte. Las tormentas ya han causado corrimientos de tierra en las zonas más inclinadas, haciendo que aparezcan manchas oscuras. Nadie se tomará la molestia de recoger esa tierra arrastrada por el agua y reponerla.

Primero se secan las acículas, volviéndose frágiles y propicias para acoger el fuego. Luego, la humedad y el calor van descomponiendo las ramas más finas. Se desprenden las cortezas y los tocones son colonizados por los insectos que los van triturando por dentro. La capa resultante también es arrastrada por las lluvias antes de que la tierra tenga tiempo de revolver la podredumbre. Nada se interpone y, al final, el propio valle se marcha río abajo. Junto a él puede ver los barracones del campamento y, a lo lejos, la columna de humo negro de la planta en la que se procesan las últimas traviesas. No sabe por qué ha subido hasta allí. Por qué no ha regresado tras dejar el mensaje sobre la mesa. Tampoco sabe por qué ha decidido pasar la noche al raso, tan libre como lo pueda ser un vencejo con las plumas embreadas. Simplemente ha subido y se ha acurrucado en una grieta, dejando que la humedad le cale y que los olores del mantillo le rodeen por completo.

A su regreso al campo no sufre castigo, porque el oficial que le ordenó subir también se ha marchado. Desde que se ha terminado la madera, todo en el campo se ha vuelto efímero. Una sensación de laxitud casi tabernaria que contrasta con la rigidez y el sufrimiento de los años previos.

74

Los últimos en marcharse son los oficiales y los soldados de la policía militar. Desde el salón en el que trabaja, Leva los ve alejarse por la carretera de entrada al valle. Durante días seguirá limpiando las chimeneas y avivando los fuegos.

Algunas tardes vaga por el campo. El aserradero y la planta han sido cerrados a cal y canto, a la espera, quizá, de que envíen a alguien para desmantelar la maquinaria. También el cercado tiene los portones cerrados. Dentro, tres hombres pululan desorientados y lentos. Hay uno tumbado al sol sobre el tejado de uno de los barracones, junto al lugar en el que Leva pasó su primera noche. Otro, a cuatro patas, escarba en la tierra con la cabeza a ras de suelo. Rebusca entre la grava y, cuando encuentra algo, se lleva los dedos a la boca y mastica. El resto yace en los barracones, sin mortaja ni óbolos.

Ese invierno se alimenta de bayas y de lo que

consigue cazar; como mucho, ratones árticos y cangrejos de río. Se ha instalado en el chamizo de las herramientas, a donde ha llevado la estufa de uno de los cuartos.

Cada cierto tiempo entra en la casa de gobierno por la puerta de la cocina, de la que conserva la llave. Recorre las estancias, abre los postigos, barre la arenilla que la humedad ha desprendido de los muros. Uno de esos días se detiene en el taller de los sastres. No hay rastro de sus cantos, nada recuerda de ellos. Sobre la mesa de corte hay una pieza de tela con patrones de papel cogidos con alfileres. Cintas métricas, bobinas de hilo, tijeras. En las perchas hay varias camisas y chaquetas con etiquetas de cartón colgando de los botones.

En primavera, cuando la nieve se retira del camino, sale de la casa, cierra la puerta tras de sí y comienza a caminar por la carretera con las abundantes aguas del deshielo descendiendo junto a él. Tardará dos días en arrancar el cartón de la chaqueta que ha elegido para su regreso.

75

Cuando entra de nuevo en la sala me encuentra de pie. Cruza la habitación hasta la ventana y desde allí, de espaldas a mí, me informa de que *mi hombre* ha sido visto cerca de los antiguos lavaderos y de que va a enviar una patrulla en su busca. «Ahora ya es un asunto de orden público y seguirá el cauce oficial.» Mira al exterior, a algún punto vago entre las encinas que cubren los montes cercanos. La luz cansada de principios de otoño aplana sus facciones, les resta matices. «Es extraño —dice finalmente—. Ha contado usted con multitud de vías de escape y, sin embargo, ha rehusado tomar siquiera una de ellas. Y me pregunto por qué. Por qué alguien como usted, con su posición, ha llegado a este punto. Me ha obligado a citarla de manera oficial y, una vez aquí, donde lo he dispuesto todo en su favor, ha confesado su descabellada relación con ese hombre, que la incrimina y que pone en riesgo su reputación, la de su marido e incluso sus propiedades.»

Yo no hubiera expresado mejor mi actitud, porque ni yo misma me comprendo. Hago memoria y me veo tumbada en la cama, tantos días, pensando en el hombre del huerto. Asustada unas veces, desesperada otras, pero incapaz de llamar a la guardia.

—No sé cómo responder a esa pregunta. Créame, no lo sé.

No ha dicho que haya soltado ya a sus perros de presa sino que lo hará, que enviará una patrulla al Huerto de las Guindas.

—Lo que yo no sé es qué hace usted aquí tratando de encubrir a alguien que está fuera de la ley. Si tan amiga es usted de él, de ellos, váyase a La Albuera o a Santa Marta y viva igual que ellos. Renuncie a sus privilegios, a su propiedad y a la protección de esta administración. Siegue usted el trigo hasta que se le rompan las manos y yo no volveré a molestarla nunca más.

He querido morir tantas veces en este tiempo. A medida que he ido sabiendo, he sentido la necesidad de desaparecer. De dejar así de mancillar la vida con mi presencia. Estoy atrapada en un lugar del que no me va a sacar el cónsul con sus ofertas, sus atajos y sus mentiras. En las semanas que he convivido con el hombre del huerto me he visto obligada a medirme día tras día. Y mientras él parecía aligerarse, era yo la que iba cargando con su lastre. He podido ver cómo con cada gesto se desvestía, despojándose de cuanto le retenía hasta desvanecerse, mezclado con la tierra, con su tierra. Y yo a su lado, un día tras otro, creyendo al principio que estaba cautiva por su silencio, cuando no era eso. El misterio que creía ver en él, con el que trataba de justificar ante mí mi propio comportamiento, era otro engaño. No había más misterio que la culpa: la de saber que había levantado mi casa sobre la sangre de los suyos. La de haberme envuelto en la bandera de la tradición, el Imperio y la religión para participar de este expolio. El único fantasma que yo puedo ver aquí es el de *Kaiser*, indolente y agradecido. No hay para mí en el zumbido de las abejas otra cosa que una grata reverberación veraniega. Lo mismo que en el arroyo que desciende limpiando las rocas del cauce. Cargo con la culpa de haberme dejado embaucar para erigir mi vida sobre una ciénaga. Y, sin embargo, aunque yo nunca podré hacer lo que él ha hecho, regresar al único origen verdadero, elijo este lugar como mi lugar y reclamo para mí el derecho al polvo y a las lombrices y a cuanto haya de pudrirme.

Frente al cónsul, lloro.

76

Al volver del castillo, ya avanzada la tarde, me siento en la escalera del huerto con la esperanza de verlo llegar por entre las zarzas del arroyo. Quiero decirle que me preocupa su tos y también que el cónsul le pisa los talones. Lo imagino de olivo en olivo, confundiendo las cicatrices de su cara con las rajas de los troncos en la luz débil del atardecer.

Kaiser no aparece, así que supongo que camina a su lado, ojalá que regresando. La relación entre el hombre y el perro es un misterio. No he visto que lo haya acariciado ni una sola vez y, sin embargo, el animal se comporta como si fuera él quien le da de comer. Ahora sé que los dos habitan un mismo espacio de olores y de percepciones. Que de alguna manera hombre y perro han mamado de la misma loba.

También quiero contarle que ahora sé que estuvo allí, en el Huerto de las Guindas, donde hoy ha sido visto, con los otros del pueblo. Igual que ellos, reventado por el miedo. Envueltos todos por los olores de la carne asada mientras esperaban a que los soldados terminasen su cena.

Miro a mi alrededor. El aire del sur hace desfilar pequeñas nubes entre la llanura y la luna creciente y, cada tanto, se oyen aleteos de las palomas torcaces acomodando sus sueños en las copas de los árboles cercanos.

77

Regresa de noche. Desde el escritorio lo oigo toser en algún lugar del huerto. Me siento en la cama y pienso en lo sorprendente que es que sea capaz de moverse por los campos sin ser detenido por la patrulla o visto por algún criado. Especialmente ahora que el cónsul lo busca. Imagino que pasa su tiempo tendido a la sombra de alguna encina del Huerto de las Guindas. Puede que abrazado a su tronco, murmurando sus cantinelas sobre el lugar al que anhela llegar. Allí es donde el camión se detiene no mucho después de dejar el pueblo porque los invasores, guiados por el secretario del ayuntamiento, han elegido un paraje cercano para reunir en él a todos sus habitantes.

Un encinar casi anochecido donde un grupo de soldados descansa en torno a una lumbre en la que asan un lechón espetado. Aromas de cuero tostado y espliego. Media luna es suficiente para dividir en dos el lienzo: los rasgos que emergen azulosos y la oscuridad sobre la que éstos se asientan. Profunda e incognoscible negrura en la que todo flota y descansa, con la que toda luz contrasta.

Se disponen a sacar a los cautivos formando un círculo frente a las puertas de la caja. Las abren, pero del interior oscuro solo sale un aire pestilente que hace a los soldados más próximos taparse la boca, asqueados. Ni una voz, ni un lamento. Solo oscuridad. Han de traer uno de los fanales con los que se iluminan para poder ver a los hombres amontonados en el suelo contra una de las paredes. Muchos de ellos tienen las capuchas y el pecho llenos de vómitos y se remueven lentos sobre las tablas como cebos de pesca en una lata vieja. El sargento al mando ordena a dos soldados subir a la caja. Los azuzan con las culatas y los cautivos se van incorporando y, medio a rastras, los van sacando del camión a la noche cálida y perfumada por las jaras.

Tambaleantes y sucios, parecen una banda de lunáticos reventados por la lujuria o poseídos por visiones del otro mundo. Así son conducidos a un borde del claro donde el sargento les ordena que se pongan de rodillas. Algunos reciben patadas por detrás de las piernas hasta que las doblan. Otros, todavía borrachos, caen al mínimo empujón y alguno es tirado a golpes con el cuerpo rígido por la conmoción. Viéndolos así, de rodillas y con las cabezas caídas, a alguien se le ocurre que pueden divertirse un poco a su costa. Los soldados forman un círculo a su alrededor. El sargento se aparta, saca tabaco de la guerrera y, bajo un piorno tan grande como un árbol, fuma mientras ve a sus hombres relajarse por un rato.

Empiezan acerrojando los fusiles a sus espaldas de manera sonora. Hay gritos y súplicas y el que cree no tener ya lágrimas, saca todavía algo de sí. Pero, tras unos minutos en esa situación, el sargento manda que les quiten los sacos.

Tienen las caras sucias, con espinas, escamas y restos de comida regurgitados prendidos en las barbas incipientes. A pesar de la luz ambigua de la media luna, reconocen inmediatamente el paraje. Es el Huerto de las Guindas, uno de los lavaderos comunales al que las mujeres del pueblo llevan la ropa. Tablas de piedra alrededor de una pileta donde se canta y se ceban chismes al tiempo que se golpea la ropa. Por todas partes hay carbones y restos de ceniza de la que las mujeres usan para hacer las coladas.

Por fin, después de tantas horas encapuchados, pueden ver lo que sucede a su alrededor. La lámina de agua, las encinas mecidas por la brisa, el cielo estrellado y las caras de los otros. Cruzan sus miradas, se reconocen, pero ninguno dice palabra porque han sido muchos ya los culatazos que han recibido.

Todavía siente la cabeza embotada por el vino y el cuerpo apretado por el miedo que acaba de pasar durante el juego de los cerrojos. Las manos le tiemblan y la descomposición de su estómago abarca ya su cuerpo entero. Piensa de nuevo en Teresa y en Lola.

Creían que iban a un lugar en el que encontrarían a todas las familias preparadas para pasar la noche mientras los soldados registraban el pueblo. Pero allí solo están ellos. Leva busca algún indicio esperanzador: un sollozo, un trajinar de cazuelas, el aroma familiar de uno de sus guisos, un sonajero de algarrobas secas, pero no lo encuentra. Entonces se da cuenta de que allí no están porque el Huerto de las Guindas está encajado en el fondo de un pequeño valle y no hay explanadas en los alrededores lo suficientemente amplias como para albergar a los habitantes del pueblo. A lo sumo, algún claro entre las encinas, pero tan comido por las zarzas y los piornos que es imposible transitarlo.

78

La noche está revuelta. Atravieso la pradera y me asomo a la verja. Está tendido en su embudo. Encaja su cuerpo de costado en la parte estrecha y encoge sus piernas en la parte más ancha. Es la forma en la que los soldados se protegen en los frentes del norte. Así están a salvo de las ventiscas que atraviesan hasta las guerreras mejor enceradas, de los disparos del enemigo y de la metralla de los obuses. Al llegar la noche se acurrucan en sus cubículos, cubiertos con sus capotes a la espera del nuevo día.

Bajo a donde está y me arrodillo a su espalda. Está despierto y, aunque sé que siente mi presencia, no se mueve. A un lado de su trinchera, cerca de la cabeza, está su pequeña y deforme balsa de palos. Su tos es profunda y ronca. Me tumbo en el suelo, cerca de él.

79

Tiran los soldados los blancos huesos, muchos todavía con restos de carne, y no tardan en llegar las hormigas, que los envuelven como rebozados vivos. Fuman tranquilos hasta que el sargento, quizá harto de estar allí, o de perder el tiempo, o de fumar, aspira con fuerza su colilla, la tira al suelo y pronuncia unas órdenes que dan por terminado el descanso. Los soldados toman sus armas. Pastores infernales que conducen a los cautivos a empujones hasta una parte del claro donde los esperan sus propias herramientas amontonadas.

La luz de la luna enfría los piornos. Entre ellos caminan hasta un claro amplio en el que solo crecen, separadas, islas de pasto seco. Allí, el sargento manda parar y con un palo dibuja en el suelo una especie de rectángulo del tamaño de una casa. Luego, usando su fusil a modo de pala, se coloca dentro del perímetro y simula que cava y que echa la arena invisible fuera del contorno.

Trabajan durante toda la noche y paran, por fin, con la mañana bien entrada. Para entonces ya han sobrepasado el estrato de las raíces, que ahora brotan a la altura de sus cabezas como dedos incorruptos. Una enorme caja alrededor de la cual han ido levantándose montones con la tierra extraída. A la orden del sargento, los hombres salen del hoyo lo mejor que pueden y allí, junto a las montañas de tierra, les dan agua por segunda vez desde que, de noche, habían empezado a escarbar. Y después del agua, reciben orujo y vino. Hay quienes se lanzan a las botellas y beben a gollete y quienes, todavía con el estómago revuelto, rehúsan.

Ésos son forzados a beber.

80

Los hacen avanzar por una vereda que todavía no es tal, porque, salvo los conejos, nadie transita por allí. Por delante de ellos, en el lugar al que se dirigen, se oye el zumbido monótono de moscas y abejorros. Se tambalean, borrachos, y tropiezan y se vencen sobre las ramas pringosas de las jaras, y es preciso sacarlos de allí con esfuerzo.

No muy lejos de donde han estado excavando, salen a un paraje en el que, bajo los insectos, encuentran por fin a sus vecinos. La primera visión los paraliza y las quijadas se les descuelgan. Amontonados de cualquier manera, como si hubiesen resbalado por un caz que allí desaguara. La luz se abate para ellos y todo lo que los rodea, aire, árboles y hombres, se transforma para siempre. Nunca más aquel paraje, hasta hace unas horas lugar de trabajo y de recreo, será ya otra cosa que una grieta espectral. Nadie volverá a lavar lana en las cercanas pilas. Nadie nombrará más aquel lugar en tono festivo y no habrá manera de ocultar el resplandor negro que esa montaña ha empezado a proyectar.

81

Aquí comienza tu ausencia. Todavía no sabes que ese montón es solo la cúspide de una montaña mayor, en su mitad enterrada. Que lo que veis no es más que el colmo de una fosa de tamaño insuficiente. Un cálculo mal efectuado en el que tus vecinos se ensamblan mucho más próximos entre sí de lo que jamás estuvieron en vida.

Cada uno encaja la visión como puede. Unos comienzan un llanto que ya no se interrumpirá. Otros cierran los ojos y aprietan los dientes y algunos se desploman allí mismo. Vuelven a vaciar sus intestinos sobre el suelo polvoriento sin encontrar alivio en ello. El alcohol, ése es el sentido que los soldados le han dado, se adhiere a sus células para que puedan empezar a acarrear los cuerpos.

¿Puede un lugar habitarse para siempre? Los cuerpos en la tierra, los cuerpos bajo el sol. El aire que los envuelve. El dolor, que es el mismo para todos.

¿Acaso no estamos hermanados por él?

Me viene a la memoria algo que presencié de niña. Una hija le canta a su madre anciana una vieja canción de arrabal. La mujer intenta acoplarse a la letra, acompañar a su hija, pero la cara se le arruga. Esa música, tantas veces cantada en los portales de la ciudad tomada, vuelve ahora, tantos años después, a sus oídos y no puede evitar las lágrimas. Las herramientas nos unen a la tierra, las melodías se nos graban en el rincón más oculto de la mente y del corazón. Anidan en las profundidades, como el recuerdo de los olores. Alguna vez a lo largo de la vida, quizá ya mayores, rebuscando en la despensa, un aroma regresa a nosotros y entonces reverdecen los recuerdos de aquel tiempo primitivo. La melodía que hace llorar a la anciana. El dolor que nos une. Quien ha perdido a un hijo los ha perdido a todos.

82

Primero abrís una vía entre los piornos para comunicar la nueva fosa con la primera. Solo hay un par de hachas disponibles, así que utilizáis también los azadones. Los levantáis sollozantes muy por encima de vuestras cabezas y los lanzáis con fuerza contra las bases de los grandes arbustos, como si quisierais meterlos por debajo de las suelas de vuestras botas. Los filos se traban en la madera húmeda y fibrosa y es preciso sacarlos de allí a patadas o a golpes de pico. Hubieran hecho falta yuntas de bueyes para desarraigar por completo aquellos arbustos de gruesas raíces, agarrados al suelo con la obstinación de los hambrientos.

Vais trasladando los cuerpos por entre los tocones astillados. La mayor parte de ellos tienen los ojos cubiertos. Algunos con pañuelos y otros con sus propias ropas. En la superficie de la montaña solo hay hombres, los últimos en morir, por haber sido los encargados de llenar la fosa que ellos mismos habían tenido que abrir previamente. Luego, mezclados, llegan las mujeres, los ancianos y los niños.

Es vergonzoso trajinar con los cadáveres semidesnudos de aquellos que han sido vuestros vecinos. Llevar al panadero agarrado por las perneras, con el compañero de faena enfrente, que camina de espaldas y llora. Ver el rostro de aquel hombre, en su mitad desaparecido, e, inconscientemente, recomponer sus facciones con lo cotidiano. En su horno se cuece el pan y se asan los corderos en los días festivos. Las familias se los llevan y él les unta la piel con sebo. No estáis preparados para la visión del interior, de las sustancias que rellenan los cuerpos y los animan. Cuerpos ahora exánimes. Extraordinariamente pesados y escurridizos. Agarrarlos de los tobillos y de las axilas y llevarlos hasta los bordes de la fosa. Disponerlos de manera que el nuevo agujero pueda acogerlos a todos. Eso es lo que se espera de vosotros.

A mediodía, uno de los hombres, un trabajador de la bodega, reconoce el rostro de su padre. El grito escalofriado del hijo se eleva por encima de las copas de las encinas. Arrodillado, se abraza al cuerpo inerte. Une su pecho al de su padre, que sumerge sus manos en ese mar desnudo. El hijo con la boca entreabierta y la respiración atascada. Algunos hombres le rodean e inmediatamente reconocen al muerto. Uno de los cautivos pone su mano sobre el hombro del hijo, primero como forma de consuelo, pero al poco, para intentar que suelte el cuerpo. El hombre se resiste y tienen que ser los otros quienes le arranquen al padre de los brazos.

83

Leva asiste a la escena desde una esquina del hoyo. El que ahora deja caer sus brazos es uno de los zapateros del pueblo. Uno de los que cada día canta, junto a los otros zapateros, en el Rincón de la Cruz. La espalda del hijo le envuelve y él los mira mientras trata de enderezar el cuerpo de una vieja a la que, igual que a los demás, conoce desde que nació. Tiene agarrada a la mujer por los tobillos mientras ve al hijo sollozar y cómo los otros tratan de separarlos. No quieren llamar la atención de los soldados que ahora mismo beben lejos, al otro lado de los taludes. Esperando, más o menos ebrios, a que terminen el trabajo que les han encomendado.

Los del pueblo los separan y se llevan al hijo hasta uno de los montones y lo tumban de costado. Tratan de consolarlo y él, que ya viaja a una dimensión extraña, se acurruca sobre la ladera terrosa. Entonces algunos hombres comienzan a recorrer la fosa volviéndoles la cara a los cadáveres. Leva sigue quieto, agarrado a los pies de la mujer. Siente que el dolor que ha de arrasarle está ahora embalsado. Que basta el aleteo de una mariposa para que su dique reviente.

84

Yo, al que llaman Leva, hijo de esta tierra, debo buscar. Saber si están aquí.

Noto una mirada que me cita. Lleva rato buscándome. Tiene los ojos grises. Está en cuclillas y sujeta una pequeña mano blanca que emerge de la superficie rizada de costillas. Suelto los tobillos de la anciana y comienzo a cruzar la fosa igual que un funámbulo.

Mi hija tiene los labios secos y el pelo revuelto; la boca medio abierta y la frente entera. Tiro de sus brazos hasta que separo su cuerpo de los otros. Me levanto y me la llevo al pecho, como si la sacara de la cama en medio de la noche. Trato de abrazarla pero su cabeza no busca el escalón de mi hombro para seguir durmiendo, sino que cuelga. Me llevo entonces sus brazos a la espalda. Quiero que me abrace pero sus extremidades de alambre vuelven a caer como si hubiera encontrado, entre los muertos, una nueva familia.

85

Pronto abandonarás los cuerpos. Subirás ciego de dolor por los terraplenes que vosotros mismos habéis levantado. Tus hermanos te verán marchar y oirán, más allá de los montones, el ruido de tu furia. Serás apaleado hasta después de perder el sentido. Luego, todavía inconsciente, te subirán en un camión con destino desconocido y, en el lugar remoto al que irás, tendrás que levantarte, cargado como un Atlas, y volver a este lugar.

86

Hace dos días que no viene. Sé que no volveré a verle nunca más. Bajo los encañados quedan los frutos alineados y, más allá, el foso en el que últimamente dormía. Se ha llevado la pequeña balsa, quizá para poder cruzar él solo el Aqueronte, pues nada tiene con lo que poder pagar al barquero. En la pradera se levantan los tallos secos de las plantas que ahora ocupan el lugar del fresco césped. Quisiera abandonar a Iosif a su suerte, pero no puedo.

87

Ha tenido que pasar todo el invierno para decidirme a viajar al Huerto de las Guindas. Digo viajar, y sé lo que digo, aunque el lugar solo esté a menos de una hora a pie desde aquí.

He salido al amanecer, guiada por *Kaiser,* que me ha llevado por caminos y montes como si supiera a dónde necesitaba ir. Si hubiera seguido las indicaciones que el jardinero me dio en su día, habría tenido que pasar por el pueblo, así que, con la ayuda del perro, he dado un buen rodeo, subiendo primero a la mina y, desde allí, bajando a la carretera de Burguillos.

Me ha costado encontrar la vieja vereda que desemboca en las pilas porque el predio está comido por las jaras. Entre ellas me he abierto paso lo mejor que he podido hasta encontrar el antiguo lavadero.

Sobreviven las tablas de piedra alrededor del pequeño estanque. El agua es un cristal oscuro tan solo perturbado por el chorrillo que aún vierte allí. En el caz por el que la pila desagua, la corriente peina mechones de algas. Zumban los abejorros a mi alrededor. Nunca pensé que sentiría paz en este lugar. No voy a escarbar la tierra. No tengo edad para ello y de nada me serviría. Solo necesito saber que estáis aquí debajo y que hay una hermandad entre vuestros cuerpos. Toda la vida huyéndonos. Toda la vida tapando la piel de las mujeres, hurtándoles a los niños las caricias. Y ahora, apagados los alientos, irónicamente mezclados. ¡Qué hermosa hubiera sido esta cercanía en otro tiempo! Hombres, mujeres, ancianos, niños, familiares, amigos, desconocidos, reunidos. Juntos los cuerpos en una aleación indestructible. Quizá, como dicen, en algún momento fuimos uno. No un solo cuerpo, sino un solo ser. Nosotros, los árboles, las rocas, el aire, el agua, los utensilios. La tierra.

AGRADECIMIENTOS

Escribir es estar solo y, sin embargo, sería injusto afirmar que este libro es el resultado de un esfuerzo estrictamente individual. Agradezco a las personas e instituciones que aparecen en esta página el haberme dado consejo, información, confianza, medios o espacios en los que poder trabajar.

Elena Ramírez, Juan María Jiménez, Javier Espada, Pablo Valdivia, Verónica Manrique, Valentín Presa, Pablo Martín Sánchez, Francisco Rabasco, Andrés Gil, Ángel Martín, Teresa Bailach, Elena Blanco, Norah López, Daniel Cladera, Pere Gimferrer, Margaret Jull Costa, Eva Dobos, Arie van der Wal, Marie Vila Casas, Hanna Axén, Ellie Stewart, Paloma Sánchez Van Dijck, Maaike le Noble, Maggie Doyle, Erik Larsson, Michal Shavit, Mariagrazia y Gianluca Mazzitelli, Luigi Spagnol y Orli Austen.

Biblioteca Pública Infanta Elena de Sevilla, NIOD Amsterdam y Ayuntamiento de Facinas.

La escritura de este libro ha contado con el apoyo de Nederlands Letterenfonds-Dutch Foundation for Literature.